Ludwig Weibel
Geborgenheit in Universenweiten
Gelassenes Gewährenlassen

Books on Demand

Bibliographische Information der Deutschen Nationalbibliothek. Die Deutsche Nationalbibliothek verzeichnet
diese Publikation in der deutschen Nationalbibliogra
phie, detaillierte bibliographische Daten sind im Internet
über http://dnb.dnb.de abrufbar.

© 2017 Autor: Ludwig Weibel
Herstellung und Verlag:
BoD – Books on Demand, Norderstedt
ISBN 9783744823289

Ludwig Weibel

Geborgenheit
in
Universenweiten

Inhalt

1

Nimm es Mir nicht übel

1.1

Viel ist noch ungereimt in dir
was *Ich* ins grandiose Weltenreimen legte

Was kümmern dich die Erdenzeiten
wo Ich dich für Ewigkeiten schuf

Du verbaust dir ständig
was Ich in dir laufen liess

Ich habe alle Hände voll zu tun
das Weltenwerk im Zaun zu halten

Nimm es Mir nicht übel
wenn Ich dein Gewissen ständig strapaziere

Trau schau wem
wenn du dich in galante Abenteuer stürzest

Ich baue prächtig auf
doch allzuviele reissen es verächtlich nieder

1.2

Ordnung herrscht wo *Mich* das Menschenvolk
zum Zuge kommen liess

Der wahre Fortschritt
springt aus dem herzinnigen Begreifen

Sei doch in Mir
und keinem andern

Ich liebe deine Züge
insofern sie Meinen gleichen

Wendest du dich Meinem Reichtum zu
beginnst du in Wahrhaftigkeit zu leben

Wo dich der Schuh drückt
will Ich dir Balsam auf die Wunde giessen

Mit dem Abschied von der Dingwelt gleitest du
beglückt in Meinen Geistesraum hinüber

1.3
Wo du viel erlangst
beginnt sich Dankbarkeit zu regen

Ist dein Häuptlein sorgenschwer
so will Ich es mit Leichtigkeit begaben

Keine Ahnung hast du
welche Sorgen Ich um deine Zukunft hege

Bist du Mir vertraut
so weitet sich dein Sinnkreis nach den Sternen

Ich verlange von dir nur
was du auch leisten kannst

Sorgst du dich um deine Seele
sorgt die Meine mit im Lebenswallen

Das Band der Liebe will dich
mit der ganzen Welt vereinen

Schaust du in dich
so schau Ich dir begeistert zu

Die Gottesdinge sind nicht mit Rabatt zu haben

Eilst du von dannen folge Ich dir auf dem Fuss

Keine Blume wächst in Meinem Garten
ohne dass Ich sie mit liebevoller Sorgfalt pflege

Hältst du inne
setze dich in Mir zur Ruh

1.4

Als Motivum für dein Handeln
wähle stets den Gottbefehl

Recke dich und strecke dich voll Eifer
Mir entgegen

In die Wüste schicke jede Hemmnis
auf der Zielgeraden

Mache dir nichts vor, wenn du dich aufmachst
Meinen Reichtum zu erlangen

Richte dich nach dem was *Ich* dir
auf das Fahnentuch geschrieben

Erbauung tut dir Not nach *Meinem* Sinn und Geist
in allen Lebenslagen

Dein Sein ist ohne jedes Pardon und Geschwätz
unweigerlich an Meins gebunden

Willst du gut sein mach dich schleunigst
auf den Weg der auserlesnen Taten

1.5

„Seinsvertrauen", eine Formel mit Substanz
in Übereinkunft mit der Meinen

Ich lasse Meine Universengrösse
sich in dir verspielen

Erst wenn du ganz bescheiden bist
kann *Ich* in dir zum Zuge kommen

Nur auf *Mein* Wort lass deine Netze
in die Tiefe fahren

Das Krumme wird gerade und das Mürbe frisch
unter *Meinem* Geistesatem

Hast du hin und wieder das Gefühl
im Unendlichen zu weilen?

1.6
Ich flüstre dir seit eh und je
die reine Wahrheit zu

Sprachgold ist dem Zahngold
haushoch überlegen

Konzentration auf was du Bist
ist dir zuallererst vonnöten

In Meiner Hemisphäre
wirst du niemals Mangel leiden

Gelassenes Gewährenlassen
ist die Tugend der Erhabenen

Wo für dich kein Platz ist
sollst du dich nimmer setzen wollen

1.7
Das Leben ist ein Feuerwerk von Aktionen
Meinerseits, die auf das Wohl der Menschheit zielen

Verstand und Unverstand sind als Geschwister
maximal verschieden

Konsequent sein heisst
dem Vorsatz unerbittlich treu zu bleiben

Selbst das Geflunker ist auf seine Weise wahr

Vom Hier zum Ewigen
ein Kinderschrittchen

Wie reizend ist
ein Kind beim Spielen

Gewahrst du Mich
vermag Ich dich genauso zu gewahren

Der zügigste Elan verpufft,
wenn du ihm keine Folge leistest

Du verzettelst dich
in Unentschiedenheiten

1.8
Selbst die grössten Übel machen Mir das Herz nicht
schwer

Kannst du vergessen
lassen dich die peinlichsten Gedanken los

Wovon du träumst will einmal wirklich werden

Nichts geht dir verloren, wenn du schweigen kannst

Appetit nach allem ist es
den es zu beherrschen gilt

Wie schön ist es
sein Herz an nichts gehängt zu haben

Vollkommne Wachheit
ist die köstlichste der Göttergaben

1.9
Ohne weiteres kann niemand existieren,
und das Weitere Bin Ich in Geisteshöhn

Bist du dafür schlägt das bei Mir
besonders vorteilhaft zu Buche

Zweifellos sind Meine Definitionen allen andern
haushoch überlegen

1.10
Was dir entgegenspringt
ist unbedingt zu meiden

Heiter sei und hilfreich Tag für Tag

Bewusst zu leben
trägt dich dem Elysium entgegen

Viele Züge sind
des Einen Zug

Wovon du lebst ist stets Mein Mich-Vergeben

Lächelst du wo andere verzagen
ist das Königtum dir nah

Zeit zum Leben
Zeit zum Sein

Was dich führt ist
Meines Führens Fabel und Genie

Gestatte Mir, dein Wesen
zur Vollkommenheit zu stilisieren

1.11
Erlebst du dich, erlebst du Mich
in hunderttausend Variationen

Fristgerecht sollst du in aller Welten Gründe
emergieren

Costa rica für die Reichen
Costa brava für die Bettler
Costa celesta: beiden zugeschrieben

Woran du denkst
ist *Meines* Denkens Strategie

Verstehst du Mich
wirst du die ganze Welt begreifen

Stilisierst du dich zum Nichts
kann Ich alles für dich sein

Meine Wege führen allesamt
zum Gottesziel

Wer sich zum Guten wandelt
wandelt stante pede Mir entgegen

Begreifst du was Ich Bin
hast du den Lebenssinn begriffen

Was sich in dir abspielt
ist von Meiner Geisterschar erfunden

Was immer du erfindest
strömt aus Meiner Mitte Schoss

Womit du dich beschäftigst
offenbart dein Wesens Inhalt und Profil

Wo immer Ich erscheine
lichtet sich des Himmels Tor

Du magst dich sträuben wie du willst
Ich wandle mit dir Meinem Ziel entgegen

Wer sich in sich selbst verschliesst
hat nichts vom Leben

Kannst du dich bescheiden
hebe Ich dich auf den Fürstenthron

Wie nett ist es
von dir Befehle zu erhalten

Meines Wesens Wohllaut freut sich
dir den Herzensfrieden einzuträufeln

Wovon du sprichst ist ungeeignet
Mich des Besseren zu belehren

Beginnst du deine Worte abzuwägen
sind die Meinen längst erwogen

Die Maya ist beständig darauf aus
dich zu betrügen

Das Leben ein Capriccio
unter Meiner köstlichen Regie

Du gehst dem Weltsein auf den Leim
wenn du es unterlässest Mich darin zu finden

Womit Ich dich beglücken will
ist die Geborgenheit in Universenweiten

Flehst du *Mich* an so will Ich dir
mit Köstlichkeiten dienen

Wo willst du hin, wenn nicht in Meiner Gründe
unermessliches Revier?

Was beglückt Mich mehr als dich mit Meinem Licht
getauft zu sehn

1.12
Wohin des Wegs? Ich Bin geneigt
den allerbesten dir weisen

Erwartung ist das Zauberwort mit dem Ich dich auf's
Beste unterhalte

Ich steh dir bei im Sternenweben
das strahlend deine Lande überweht

Zu hohen Preisen werden deine Werke umgesetzt,
wenn sie durch Mich Brillanz erfahren haben

Kastellan der guten Hoffnung auf Holdseligkeit
sollst du Mir werden

1.13
Was Ich an dir noch Kleinmut nenne
magst du schon als verehrenswert empfinden

Geschenkt wird nichts, alles muss erfochten werden

Manches Unheil
schleicht sich im Gewand der Hoffnung an

Von dem was du in Wahrheit Bist
weiss Ich dir was Nettes zu erzählen

Merke dir den Satz: Es wird noch lang nicht
Weltenabend werden

Den Lohn für deine Lebensmühen
wirst du erst in *Meinem* Freudenreich erlangen

Wahre Bildung heisst: mit beiden Füssen fest im
Leben stehn, um Meine Sendung zu erfüllen

Du dauerst Mich solang du deines wahren Wesens
Dominanz nicht kennst im Menschenleben

1.14
Gute Manieren sind gefragt
im Reich der Solitäre

Ich kompensiere was dir fehlt
mit Meiner Geistesfülle Wellenschlag

Was *Ich* verbinde
ist für eine Ewigkeit getan

Ich bring es an den Tag,
was du verschweigen möchtest,
vor des Herren Rüstigkeit und Strahlen

Wovor Ich schweige ist der Schwachsinn
den du so verbissen pflegst

Wozu denn klagen – Ich glätte alles wieder aus

Konstellationen sind ins Menschenherz
genauso wie ins Sternenall geschrieben

Wo du noch lang dagegen bist
Bin Ich dafür, dir etwas Neues beizubringen

Gewinne, was Ich stets an dich verliere,
guten Willens kreuz und quer

Wachgewordene verstehen sich
als Träger Meiner Botschaft ins Allhier

1.15
Mein Einspruch führt dich sachte himmelan
in reine, hohe Sphären

Edelmut und Treue sind dein täglich Brot
willst du *Meine* Glorie erreichen

Du bist gefeit vor dem was dich bedrängt
durch Meine schützende Gebärde

Ich biete dir Gefälligkeit des Himmels
aus herzinnigem Begründen an. Was bietest du?

Das Prinzip der Folgerichtigkeit geht bei Mir Hand
in Hand mit dem des Seinsvertrauens im
unendlichen Bewähren

1.16
Dem Sein geweiht bist du mit allen Gliedern und
Beseligungen die dir eigen

Lass dich von der Weltenmutter, die Ich für dich Bin,
auf's Zärtlichste verwöhnen

Edelmut in Fülle strömt dir zu, wo immer Ich dich
liebevoll gefunden habe

Was du verscherzest schmerzt Mich
in bewusst gehaltnen Herzenstiefen

Ich läutere was du dir Bist durch die
sottile Grazie Meiner Liebesgaben

Derweil die Menschen unbewusst agieren
schaust du ihrem Treiben wohlgefällig zu

Woran erkennst du Mich wenn nicht
an Meines Seiens seelenvoller Harmonie

1.17
Mittelmass ist nichts für Mich, weil alles in Mir
Vollblut ist und hocherhabenes Beleben

Du steigerst dich von Mal zu Mal
zu freierem Erheben, dem Unendlichen entgegen

Warte und gedulde dich
bis dir das Gotteswerk gelungen

Was bringst du Mir
damit Ich dich auf's Fürstlichste empfange

Nie könntest du vor Meinem Schöpferdrang
den Status quo erhalten

Was dir geschieht geschieht Mir ebenso
in Meinem Mich-in-Dir-Begründen

Mir geht es stets um alles
in der Weltgeschichte Traben

Das Klägliche ist das Unsägliche in deines Rufs
Begründen

Setzest du auf Meine Karte ist
unendliches Gewinnen angesagt

Wie die Winde wehn bestimme *Ich*
im Menschengarten

Wo die Leidenschaften toben
zieht sich das Artige diskret zurück

Das Gesetz der grossen Zahl verschwindet
wo das Eine dirigiert

Was sich dir entgegenstellt
wird von Mir alleweil gemieden

Das Bockige lebt von der Kraft
der niedern Regionen

1.18
Wo Selbstsucht waltet
lohnt sich der Aufwand nimmermehr

Die kapitalen Böcke
werden ohne Mich geschossen

Ich halte allem Selbstgefälligen
den Spiegel vor

Kannst du dich an Mich erinnern
tickt dir das Unendliche ins Ohr

Was der Natur gehört
soll nicht von dir vertrieben werden

1.19
Zählst du, begleite *Ich* dein Fingerspiel,
sonst geht es dir daneben

Mach dir keine Sorgen was mit dir geschieht, wenn
du in *Meinem* Reiche etabliert bist
kunstvoll und erhaben

Du wählst und Ich erwähle Meine Pappenheimer
um Erhebliches zu leisten wo sie *sind*
um Meinem götterlichten Anspruch zu genügen

Das Erhabene ist hier ins Spiel zu bringen
mit der Liebe lichtem Strahl

2

Gedankenlose Musketiere

2.1

Das Sagenhafte zieht sich selbst hinan in seinem
Sich-Begründen und erscheint vor Mir als
seinsvollendetes Spektakel reiner Kunst und Gunst
von Meinem Rang und Namen

Von Mir gekrönte Häupter sind ein Siegeszeichen
reiner Schöpferharmonie

Überragende Geduld und friedevolle Seins-
manieren prägen was Ich Bin in allem wie in dir

Du erscheinst Mir wie die Taube auf dem Dach, die
sich nicht fangen lässt von Meinem Lockruf,
wie von Meinem Mich-an-sie-Verstrahlen

Meine Sendung ist dich wachzuhalten über allem
Schlendrian gedankeloser Musketiere

Wogegen Ich Mich wehre ist, die Erdenwelt zum
Armenhaus zu degradieren

Das Künftige ist nur von Mir exakt vorherzusagen

Was immer du hervorbringst ist verzeichnet in den
treubesorgten Seinsannalen

Dein bestes Kapital sind die bedeutungsvollen
Liebestaten

Wo die Sterne dein Bewusstsein in die
Himmelweiten tragen offenbart sich deines Seiens
unversenweites Wohl

Meine Kinderchen erleben freudevoll das Sein von
Meinem märchenhaften Mich-Verstrahlen

2.2

Du beginnst auf jeden Fall ein Jahr das dir
Vollendetes beschert in deinem Sein und Streben

Deine Züge sind den Meinen so verwandt wie Licht
vom Lichte, Kraft von Meinen Kräften

Kein Same fällt ins Erdreich Meiner Gunst und Güte
ohne dass er aufspriesst einer lächelnden
Natürlichkeit entgegen

Mitten im Leben sind wir von der Gottheit still und
hilfsbereit umgeben

Bist du dir selber freundlich zugetan so bist du's
Mir in deines Seinserkennens Reputation

Du kommst und gehst und bist doch immer in Mich
eingemittet allem Weh zum Trotz und Klagen

Der Bund, den Ich mit dir geschlossen, bleibt für
immer unversehrt bestehn

Du häutest dich wie eine Schlange und stehst neu
erstanden in bewundernswerter Innigkeit vor Mir

Deine Tage sind nicht mehr gezählt seit du in
Meinem Himmelreich erstanden bist für Ewigkeiten

Ich überschaue was du Bist in allen
Seinspositionen, deinem ewigen Heil entgegen

Das Meisterliche ist dir ohne jeden Zweifels Spur
von Mir und Meiner Güte eingegeben

2.3

Ich bereite dir wie Mir ein wunderschönes Jahr
in deines Wesens silberheller Schöne

Aller Lieblichkeit der Welt will Ich nun zu Gevatter
stehn aus tiefster Überzeugung und
herzinnigen Gewähr

Den Bund der Liebe habe Ich mit dir geschlossen
im Verein mit Meines Seins erhabnem Lichtmeer
und Gehaben

Kennst du Mein Rezept um stante pede
das Unendliche zu erlangen?

Ich glaube an Mich unverbrüchlicher als selbst die
Sterne an sich glauben

Von Meinen Werten bist du sicherlich nicht der
geringste in des Seiens unendlichem Heer

Der lebendigen Figuren eine darfst du sein in
Meinem Zaubergarten

Ich liebe Meine Fähigkeit Mich im unendlichen
Verwandeln immer neu zu definieren

Was immer du erreichst ist voll Weisheit von Mir
angesponnen und auf's Zärtlichste belebt

2.4

Welten wallen auf und nieder. Ich verwalte sie und
Bin ihr Seiens wohlgemuter Kapitän

Relevant ist was *Ich* in die Schöpfungspfanne haue

Die Bedingungen des Herzensfriedens sind:
Erleuchtung durch Mein Wort und Meine
liebevollen Taten

Wandle durch Mein Walten und verwandle was du
Bist in Meines Seiens Harmonie

2.5
Wenn du nur willst verwandle Ich dein Wesensein
in einen Traum von sonderlicher Süsse

Ich bin dazu bereit dir alles von Mir freudig
hirzugeben

Von Meinem Wind bewegt fährst du mit vollen
Segeln freudevoll dahin

Wer schlingert wird von Mir ins Pfeilgerade
durchgeschoben

In *Meinem* Lichte lässt sich trefflich fürbas gehen

Wohlverstand und Wille lassen Meine Räder
tüchtig sausen

Wer steckt hinter allem Tun? Der Weltenwille wie
Mein Herz in sakrosankten Meisterzügen

Was immer Ich gebäre schreitet wohlgemut dem
Himmelslicht entgegen

Fürwahr Bin Ich der Retter und Bewahrer aller
Tugendhaften im Allhier

Bist du unentschieden brauchst du nur bei Mir
um Rat zu fragen

Ich habe *Meine* Weiten in dein Weltbewusstsein
eingewoben

Torkelst du dahin, helf Ich dir
schleunigst wieder grad zu stehn

Meine Pfeiler stützen deine Bögen in gottseliger
Gewähr

2.6
Ich Bin der Grandiose von Picassos Stil und
Streben

Was du zutiefst erbittest wird dir freilich auch
gegeben

Grosse Heilkraft send Ich dir
und eminenten Frieden

Wenn du nur willst kannst du dich ins Unendliche
erheben

In der Himmelswinde Strömen herrschen Sanftmut,
Harmonie und Herzensfrieden

Gegen Missbrauch und Versagen
Kontrapunkte setzen ist deines Menschenseins
bedeutungsvolles Los

Was du zutiefst begriffen hast kann deinem
Menschensein mitnichten schaden

Das Überragende folgt unbeirrt dem Siegeslauf
durch noch so wirre Zeiten

Wie ein Sturmwind braust Mein Seinsgewissen
durch Äonen

Dem Universensein verschrieben lass Ich Meinem
Schöpferwillen freien Lauf durch Unermesslich-
keiten

Wer zahlt befiehlt – das soll dir auch in *Meinem*
Sinne viel bedeuten

Rücksicht ist geboten wo das Heer der Gläubigen
dir folgen soll im Menschengarten

Was du anderen vergibst wird dir in der Einheit
aller Wesen wieder wunderbar zugute kommen

Des Menschenseins verheissungsvolle Kapriolen
wachsen mählich ins Unendliche hinan

Vor Meinem Anblick haben sich nur die
Durchtriebenen zu fürchten

Ich bestimme was zu tun ist wenn es um das
Ganze geht

Die Seinsgeschichte wird noch immer weisheitsvoll
von Mir geschrieben

Der Kalender Meiner Taten reicht
vom Anfang bis zur Fülle aller Weltenzeiten

Willst du mächtig werden lenke deine Pferde
Meinen Triften zu

Was auch immer kommen mag Ich habe alles
liebevoll zu deinen Gunsten arrangiert

Die Würfel sind gefallen alsogleich
wie *Ich* das letzte Wort gesprochen habe

2.7
Knapper geht's nicht mehr, dass du am Abgrund
scheiterst der vor deinen Füssen gähnt. Doch für
diesmal will Ich dich vor dem Malheur verschonen
um der Konsequenzen willen die für dich wie Mich
daraus erständen

Liebst du Meine Stärke geb Ich dir den guten Rat
sie für deine Zwecke zu gebrauchen in des Lebens
hochgeschraubtem Spiel

Geh Mir aus dem Weg sofern du nicht gewillt bist
Meinem Willen Genüge zu tun

Was verspätet ist wird bei Mir
nimmer richtig reüssieren

Meinen Zwecken kommst du nur entgegen, wenn
du dich ihrem Trend gefällig und solvent erweisest

2.8
Mein Anstand ist die Regel vor dem Deinen
der noch wohhlbedachter Besserung bedarf

Wie kannst du zögern dich bei Mir beliebt zu
machen in des Lebens Minnesang und Strategie

In deinem Sinn zu wirken ist Mein Ein und Alles
vor dem Morgenrot

Das Alltägliche verschwindet
vor dem Sagenhaften Meiner Majestät

Bist du dir bewusst, dass Ich der Leitstern bin in allen deinen Operationen

Vom Hundertsten ins Tausendste vermehren sich die angereicherten Gedanken und bewegen, was es zu bewegen gilt, in Meinem Namen

Konstruktiv und kapital lässt sich dein Sehnen an, wenn es in Meinem Dienst und Drill agiert

Wo warst du in Gedanken als Ich stumm an dir vorüberging dein Sein zu grüssen?

Trachtest du nach mehr kann Ich dich jederzeit auf's Trefflichste bedienen

Was spinnst du für Gedanken wo die Meinen doch weitoffen vor dir liegen

Was du nicht kennst bereitet dir Befremdung, Ungewissheit und konstante Qual. In Mir jedoch sind deine Lebensrätsel wunderbarerweis gelöst und du darfst in den Weiten Meines Seins beglückt und seelenselig weilen

An Meinem Hof gehörst du zu den Besten im Allhier

Das Transzendente hilft dir Tag für Tag
dereinst auf einen grünen Zweig zu kommen

Die Rauheit Meiner Fährten bedeute dir kein Hindernis, raschmöglichst und bewusst in Meine Nähe zu gelangen

Das Erstaunen dominiert, wenn du dich Mir
in Eintracht und Beschaulichkeit verbindest

Hüte dich vor dem Zuviel
wo *Ich* dir Gleichmass offeriere

Meine Pfründe zu erringen generiert dir
allerfeinstes Wohl

Die Toten können nicht mehr allzu heikel sein
in Bezug auf das, was sich ergibt,
nach ihnen

Granit ist das Symbolum ewigen Lebens für jene die
das Feste ungemein verehren

Kommet her zu Mir, sagt der Philister und staunt wie
unbewegt des Bruders Leib vor ihm im Grabe liegt

2.9
Das Wandelbare steht dem Unerschütterlichen, das
Ich Bin, kategorisch gegenüber

Ausgezeichnetes erscheint vor Meinem
schauenden Gewissen, sowie Ich Meine Schöpfer-
kräfte spielen lassen will

In der Morgenröte Meines strahlenden Empfindens
darf Ich Mich voll Wonne wiegen

Dem Wohllaut Meines schauenden Gewissens
zugetan, erlebe Ich Mein Sein in wonnevollen
Zügen

Das Wackere ist Mir in jedem Fall plausibler
als das schwärmerische Ungenügen

Konsequent und klösterlich sollst du den Sinn auf
Meinen konzentrieren und endlich mit ihm vollends
einig gehn

Gegenständliches ist immer nur ein Schatten von der Geistesfülle die Mir zur Verfügung steht

Das rechte Mass zu finden ist in deinem Fall ein Kunststück ohnegleichen, in Meinem eine Selbstverständlichkeit vollendeten Gebarens

Kennst du das Wort *Ich Bin* und weisst du es zu schätzen, wenn es dich bis tief ins Herz hinein bewegt?

Ständig neige Ich Mich zu dir nieder zu der Wirklichkeit Staffage und ermuntre dich dabei
zu Mir hinaufzusteigen

Die Gunst der Götter sollst du dir erringen

Grossmut und Gerechtigkeit sind
Meines Erdenseiens Stil

Was du nie gekannt hast habe Ich bewusst
vor dich getragen

Was Rang und Namen hat ist kaum für Meine Zwecke zu gebrauchen, weil es zuvieles von sich selber weiss anstatt von Mir

Die Gesetze deiner Welt sind Meinen nicht genehm, weil sie nichts von Geistigkeit verstehn

Wie kommt es, dass dir Meines Seins Parade nichts bedeutet, derweil Ich sie dir täglich vor die Augen führe

Lässest du dich gehn so gehe Ich mit dir
sogar dem Abgrund meilenweit entgegen

Geliebtes bleibt dir nah im sinnenden Gemüte und erfreut dich jetzt und immer wieder

Vor dem Fenster du, dahinter Ich
und beide schauen sich gelassen an

Was würdest du für *einen* Blick in Mein herzinnigstes Geheimnis bieten?

Wen *Ich* erwähle ist vom Charisma der Gottseligkeit gespiesen

Bescheidene lass Ich nicht allzulang
in ihrem Schicksal schmoren

Vereinst du dich vollends mit Mir, hat die Stunde wonnevollen Heils für dich geschlagen

Hast du Mich in dir erkannt, rollt dir alles wie am Schnürchen von den Händen

2.10
Minutiös wird recherchiert und kommandiert und apportiert, doch bleibt alles irreal solang nicht *Ich* es strikt befehle

Komplett daneben bist du allsolange wie dein Sinn nur Irdisches berührt

kurze Beine, lange Beine Diebesgut zu
ramassieren. Wie naiv, es Meinem Götterblick entziehn zu wollen

Erwache im Sein und gewahre das Wirken der Gottesgeister in dir

Lerne deines Seins Bedeutung zu erkennen
in der Unermesslichkeit der Geistessphären

Magisch zieht dich das Unendliche an solange
bis du ihm verfällst mit Haut und Haaren

Bewährtes soll nicht ausgeschüttet und Unbe-
kanntes soll nicht abgewiesen werden, sagt die
Weisheit der Bourbonen

Trägst du dich mit dem Gedanken abzuhauen,
wäge dabei das Zurückzulassende sorgfältig
auf der Weisheit Schalen

Den Hebel setze an wo es sich lohnt, nach klugem
Überlegen

Nicht jede Traube ist zum vornherein auch süss

Wer Geschmack hat lässt sich nicht von jedem Duft
euphorisieren

Das Winterliche schleicht sich rasch davon ob
deiner Liebesonne Strahlen

Nicht alle Kracher sind geeignet
Kriecher zu gebären

Vom Wind getragen hüte dich davor
den Halt aus den Augen zu verlieren

Die Konsequenzen deines Handelns sind dir
mächtig ins Gesicht geschrieben

Warmflut, Kaltflut, Ich aber stehe firm
im mächtigen Gewoge

2.11

Die arm im Geist Gewordenen verstricken sich in Gegensätzlichkeiten wirr und kapital

Die Bruderschaft der Sterne strahlt dir seine wohlgemute Zauberkraft entgegen

Was du dir denkst ist *Meiner* Denkparade Ausfluss und Spektral

Mit der Geschwindigkeit mit der du alterst gehst du deiner Neugeburt im Ewigen entgegen

Ich bestimme was so viele selber zu bestimmen meinen

Meine Gunst verströmt sich über Jung und Alte mit dem einen Ziel, Liebe und Vertrauen zu kreieren

Eine Mehrheit finden ist in Meinem Fall ein fulminantes Unterfangen

Die Geschäfte laufen wie geschmiert für die von Mir begleiteten Patrone

Der Gelehrte seufzt ob seinem Wissen. Ich erkenne leichthin immer mehr

Das Kleinliche wächst ins Unendliche und bleibt doch winzig klein vor Meinen Toren

Das Konsequente mündet in Mein Reich der grandiosen Taten

Zerfahrenheit ist deines Wesens Markenzeichen, konstruktiv ist alles was *Ich* unternehme

Monogramme weisen auf bewusste Charaktere hin
dem Sein zu Ehren

Getrost darfst du Banales aus den eignen Fingern
saugen – Auserlesenes ist *Meines* Seins Revier

Was weist dich aus? Die Lippe, eine Braue oder ein
charmantes Lächeln? Lieber Bin Ich durch Mein
Sein für alles ausgewiesen

Ausgezeichnetes wird wahr sowie *Ich* Meine Hand
zum Segensspruch erhebe

Der Geschöpflichkeit verpflichtet lege Ich für sie die
Hand ins Feuer, dass sie sich zu Mir erhebt
für Generationen

2.12
Das Wackere verleiht sich selbst den Ehrenpreis im
Handeln, Wandeln, Wirken und Die-Welt-komplett-
Verstehn

Wie artig und weise wirst du doch, derweil du
Meinem Schulsystem nur schon am Rande
angehörst

Zwitschern dir's die Vöglein in die Ohren, dass die
Welt ein Zaubergarten ist in der Natürlichkeit und
Grazie ihrer Wesen

Eine Welle der Bewunderung schwappt aus dem
Menschenvolk empor, sowie du in Mir wach und
seinsbewusst geworden bist

2.13
Was gut ist steht auch dir nicht übel an
in deinen mannigfachen Wirksamkeiten

Wogegen du dich auflehnst existiert beileibe nur
in deinen selbstisch aufgeworfnen Krämpfen

Kommt Zeit kommt Rat verschwindet alles was du
scheinbar warst in Meinen gloriosen Weiten

Das Gediegene ist alleweil mit dem verbunden
was Ich Bin und was Ich freilich offenlege

Welche Werte sind dir heiliger als Meine,
sollst du dich in allem Ernste täglich fragen

Was mag dir denn noch Kümmernis bereiten wo du
Meines Beistands sicher bist in allen Lebenslagen?

Ausgerechnet du versuchst dich völlig autonom
durchs Leben zu bewegen, doch Ich sage dir: du
wirst es ohne Mich nicht schaffen deinen Illusionen
zu entfliehn

Womit kann Ich dienen wenn du in deinem Eifer
vorhast alles zu gewinnen?

Wo immer du dich aufhältst wandere Ich weiter
mit dir dem Äonenziel entgegen

Was du dir leistest leiste Ich Mir noch viel mehr
in der Wucht der Schöpferphantasie

Was ist nicht alles Kunst, doch allzuvieles ist
gekünstelt, derweil nur Meines ist geziemend wahr

Gesteh Mir, dass du gern noch länger bei Mir
weiltest in der sagenhaften Himmelsharmonie

Mit dem was *ist* zurechtzukommen ist ein Kunststück das dir nur gelingt in Meines Seins allherrlichem Umfangen

Du besingst was du gewinnst
in zauberhaften Tönen

Das Alphabet der Hoffnung kann sich frei in dir entfalten, sowie du deinen Sinn zu Mir erhebst

Was bestens ausgewogen ist kreiert Vertrauen, Wohlbekömmlichkeit und Harmonie in den betrachtenden Gemütern.

Komplexe Dinge müssen wohlbedacht und austariert behandelt werden, Meiner göttlichen Gepflogenheit gemäss

2.14
Was du gewinnst verlierst du wieder; was verloren schien wird dir von Mir zurückgegeben, wenn du Mir vertraust à fond und ohne Zögern

Exquisites ist bei Mir zu finden, wo die Basis für dein Handeln den Erfolg kreiert und die Fahnen auf Erfüllung stehn

Wo du dagegen bist, da halte *Ich* dafür, wofür du dich ereiferst, warne Ich dich vor dem Allzuviel um dich in Meiner Mitte warmzuhalten

Was willst du noch erwandern, wenn nicht Meine Makellosigkeit und Harmonie?

Am Ende will Ich deine Weltverlorenheit diskret und hilfreich in den Himmel Meiner Einheit heben

Geniale Typen lassen ihre Werke erst, wenn sie vollkommen sind, von aller Welt bewundern

Die Hennen melden ihr Gelege mit massivem Gackern an, und du?

Wie immer sich die Winde drehn, bei Mir ist pure Seligkeit zu finden

Öffnest du dein Herz, so will Ich dir auch Meines offenbaren

Gehörntes wird hier nicht gebilligt, weil es Meinem Weltenplan zuwider steht

Dass dir deine Weste mehr gilt als dein Herz ist kaum zu glauben

Das Ausland ist so gut -und so bedenklich- wie du's immer glauben willst in deinem Dich-Begründen

Was sagt dir eine Birne mitten auf dem Wüstenpfad? Nichts und alles, will Ich meinen

Waltet Geister der Genügsamkeit und lasst auch Mich in euren Sphären glücklich leben

Karg ist der Boden deiner Klugheit, fruchtbar und bewundernswert der Meine, von dem du dir das Weisesein besorgen kannst in grandiosen Portionen

Komm Mir nicht zu nah, du könntest dir das Herz verbrennen ob der Liebesglut die Ich um Mich verbreite

Empfange, was dir frommt, aus Meiner Schalen
Überfluss und labe dich auf's Innigste daran

Das Wahre ist beständig für dich da und soll
von dir, dem reinen Weltensein gemäss,
beansprucht werden

Meiner Stärke Bund ist deines Lebens Kapital
in der herzinnigen Verbindung mit dem Herrn und
seinem götterlichten Strahlen

Grolle nicht dem Sein wenn du versagst, doch rolle
dich zu ihm hinüber und gewinne wieder was du
schon verloren glaubtest

Kurzen Prozess muss das Ungebührliche von Mir
erwarten, langes Leben jedoch was sich schickt und
was der Sterne Glänzen wunderbarerweis vermehrt

2.15
Kleide dich ins königliche Sein, das voll
Begeisterung agiert und sich die Krone
wohl verdient im Zuge seiner Kombinationen.

Kläglich muss das Selbstgefällige versagen,
derweil das Weltgewandte, Liebevolle feierlich
obsiegt

Konkret ist zu bemerken, dass sich der Tripp in
Meine Seinsgebiete vielfach lohnt in deinen
mittelalterlichen Seelengründen

So clever du dir scheinst, so unklug bist du,
wenn es darum geht dich in Meinem Universum
wirkungsvoll zurechtzufinden

Wohlfahrt und Natürlichkeit verbreiten sollst du alleweil unter Meinem Nimbus und vertraulichen Befehl

Sovieles ist was gegen Mich agiert, doch du hast es geschafft für deine sagenhaften Taten von Mir reich belohnt zu werden

Willst du Sputen spute ungesäumt zu Meinem Hofe, um des reinen Minnesangs Geflüster, Liebenswürdigkeit und Zartheit zu geniessen

Koste was Ich dir vertrauensvoll und gütig auf die Zunge lege und erlabe dich auf's Köstlichste daran

Winzig ist das Korn, doch grandios die Ernte, wenn *Ich* sie mit Gedankenstössen überfahre

Heut folgt harter Arbeit vielfach
kläglicher Zerfall

Ich greife tief in Meines Geistes Wogen, um dir Seinsvertrauen einzuflössen

2.16
Der Wind beherrscht das Metier des Sturms genauso wie der milden Zärtlichkeiten

In Meinem Reich Karriere machen kannst du nur nach dem Gesetz des zärtlichen Verbundenseins mit Mir

Den Kräften der Beständigkeit und Liebe droht der Untergang, willst du sie retten?

Wahre Wohlfahrt ist nur in der Einigkeit mit Mir zu finden der Ich alles Bin und ewig bleibe

Versuche nicht Mich auszutricksen, denn dies wird dir nie gelingen, weil Ich dich Bin in der klaren Überlegenheit der Geister Gottes im Allhier

Mein Innesein gerät dir stets zum Heil, solang du einen Funken von Verständnis hast für das Unendliche in deinem Selbstgenügen

Parzelliere ruhig deine Flächen, doch lass eine davon unbenützt, damit Ich sie mit *Meinem* Licht bescheinen kann im Spiel der Ewigkeiten

Was wirklich kostbar ist läuft wie geschmiert auf Meinen Schienen durch die Welt und will sich auch bei dir platzieren

Unterlaufen dir noch immer kapitale Fehler?
Ich helfe dir sie hellbewusst und seelenruhig zu vermeiden

An Mich gelehnt brauchst du kein Unheil mehr zu fürchten

Pure Tapferkeit ist Meine Art und Weise in der Welt der Drangsal Würde zu beweisen

Siehst du den Glanz in jenen Kinderaugen? Es ist der Meine, in persona offenbart

Was richtest du noch alles an, bis die Vernunft dich zur unendlichen Befriedung führt

Fühlst du dich längst verloren Bin Ich immer noch in voller Stärke in dir da

Sind deine Dinge auch verworren Ich halte dir die Stange, auf und ab

Wenn du brillierst so habe stets vor Augen, dass du
Meinen Glanz vertrittst im Seinsgehaben

Wo *Ich* Bin da ist gut leben in des Seins
Gewissenhaftigkeit und Poesie

Für alle die da *sind* gibt es kein ernstliches
Bedenken mehr

Sei dir stets bewusst wie genial, gedankenvoll und
massgenau Ich alles eingerichtet habe

Du kannst Mir kommen wie du willst, Ich Bin und
existiere immerfort in Meinem Sanktuarium

Deines Seins Gebärde ist in Meiner voll Beseligung
und Wonne vollends aufgehoben

2.17
Klartext träufle Ich in deine Ohren über allen Lebens
Sein und Sinn und Evoltieren

Geringe Ursach grosse Wirkung wird sich auch in
dir als fulminante Schau erweisen

Kein Bedauern - reines Dauern ist dein
sagenhafter Reichtum und dein Ziel

Wie in Erz gegossen stelle Ich das Seinsgeheimnis
vor dich hin, um es für alle Zeit für dich und deinen
Anhang zu bewahren

Klösterlich und traulich geb Ich dir das Sein zur
Seite, damit du in ihm aufwachst und für allezeit
genesest

Schnurgerade sollst du zu Mir kommen in des Seins
bedeutungsvollem Resümee

Was immer tapfer ist sei dir ein lebelang von Mir
vertraulich und solvent dahingegeben

Nur eine kleine Spanne Zeit noch bis du einsiehst
wie du ständig wunderbar gedeihst in deinem Sein
und Leben

Verwirke nichts, sei alles
im Wunder deines Seins

Was die Natur geformt hat ist von deinem
Formensinn noch recht verschieden

Du ruhst dich aus, derweil Ich in der Tat
Mein Glück und Meine Sendung finde

Dein Wohlverstand an alles was da *ist*
ist eine wahre Göttergabe

Vielheit finden ist nicht schwer, hingegen
Einheit sehr

Siegreich wirst du aus dem Zufall deiner
Weltenhörigkeit hervorgehn, wenn du vor allem
Mich dahinter siehst

Du riskierst dir Kopf und Kragen, wenn du dem
Versucher nur des kleinen Fingers Anhang und
Gewinn gewährst

Sind die Seelenaugen dir geöffnet
siehst du noch einmal so viel

Was Wunder wenn du glücklich bist an Meinem
Hofe, wo dir so viel Wunderbares und
Entzückendes geschieht

Deine Optik soll gezielt die Meine werden
in beseelten Universenweiten

Brandenburgische Konzerte wirst du feiern, wenn
dich Meines Bogens Kraft berührst

Die rechte Sitte führt dich doch zum Guten
in des Lebens fabulösem Wechselspiel

Worauf Ich zähle ist
dein Herz für Ewiges zu gewinnen

Mit Absicht sprech Ich dich herzinnig an

Klein aber fein steht gross und ungeschlacht
weit überlegen gegenüber

2.18
Manierlichsein verlangt bedeutenderen Einsatz
als ungehobelt und zerfahren

Wer klagt ist nicht auf Meinem Holz gewachsen
in der Sagenhaftigkeit Elysiens

Was du dir Bist ist Meines reinen Seins
Gewissenhaftigkeit, Rendite und Final

Ich tröste dich mit der Bemerkung, dass du immer
weiter wachsest
Mir und Meiner Herrlichkeit entgegen

Die Meinung dass du stirbst ist Meiner Ratio in der äonenlangen Unvergänglichkeit beileibe nicht gemäss

Mein Kennwort lautet: Du bist süss im Nehmen, sei es auch im Geben ganz und gar

Konstruktive und gesellige Gemüter sind wie's ABC aus Meinem Holz geschnitten und vertragen sich bewusst und singulär

Mein ist dein; wie findest du die seinsbewusste Göttersage?

Wer führt dich in die himmlischen Gefilde wenn nicht Ich in Meiner wunderbar salubren Seinsbravour

Walle zu Mir auf, wie's Wasser auf dem Herd, und lass entzückte Seelendämpfe zu Mir steigen

2.19
Nichts geht dir verloren, wenn du noch so viel entbehren musst in deines Lebens mannigfachem Missvergnügen

Bist du bereit, für alles was *Ich* dir verschenke den rechten Preis zu zahlen?

Meine Winke sind gottseliger Natur, von Meinem Herrenhof an alle Welt vergeben

Zierst du dich noch, mit vollen Segeln auf Mich zuzugehn; Bin Ich dir Winds genug es endlich doch einmal bewusst und kräftig zu versuchen

Glückselig wes Bewusstsein sich ins All ergossen
um darin, nach ellenlanger Reise,
die ersehnte Ankunft zu erleben

Du wendest dich zu Mir und schon ist alles recht und
richtungweisend was dir in der Welt geschieht
um dich zur götterlichten Seligkeit zu führen

Kein Wesen, ist es noch so starren Sinns, kann
Meinem Lockruf nach Gewandtheit,
Wohlbesonnenheit und Herzensgüte widerstehn

Ich fordere dich dazu auf in Meinem Namen
wirksam, effizient, glückselig und vertrauensvoll zu
sein in allen deinen Iterationen

Erkennst du Mich in dir, wird dir das Staunen
nimmermehr vergehn

Deine Eigenschaften sind die Meinen, wenn du's
nur verstehst sie aus dem Vollen auszuschöpfen

Konsequent zu sein sei deine allerlieblichste
Devise, Meinem Göttersinn gemäss

Hör auf Mich und sei damit dir selber gegenüber ein
gemachter Mann, eine wundersam begabte Dame,
die sich froh und unbeschwert auf das Erreichte
stützen können

Deine Geistesflügel lassen dich in Universenhöhen
schweben, die allein in Meiner Obhut und Entfaltung
stehn

Du gehst als Ausgezeichneter einher von Meinem
Edelmut und Glauben, dass noch alles gut wird,
gleich den hocherhabnen Himmelsregionen

Wer Mich kennt kennt auch den Grund weshalb er unverzagt und mutig, wach und lebensfroh dem Künftigen entgegenschreiten kann

Werde und du wirst zur rechten Zeit auch sein, *sei* und sei damit ein As im Lebensspiel geworden

Zögre nicht, den Ratschluss deines Gottes anzunehmen und damit geziemend und erfolgreich umzugehn

Hast du den Gipfel der Gerechtigkeit erreicht kannst du getrost zu Meinem, hocherhabenen, hinüberwinken

Wache auf in Meiner Hemisphäre und sei frei und frisch und fromm wie nie zuvor

2.20
Du kannst dich als gewappnet und gewieft erklären, hast du *Meine* Partnerschaft erwählt

Nur in *Meinem* Soll und Haben wirst du Friedefertigkeit erlangen

Was geschieht wenn du die Erde küssest unter dir? Du hast *Meinem* Sein die Geste reiner Zärtlichkeit erwiesen

Entschieden wacker sollst du dich verhalten auf der Weisheit sonnenlichten Spuren

„Modifizieren" sollst du deinem Weissbuch und Geschick entnehmen, hin zu Mir und Meinen Liebenswürdigkeiten

Worüber du dich aufregst regt Mich dazu an, dich stufenweis und räsonabel, liebevoll und lilienzart zu Mir hinanzuführen

Das Optische mag täuschen, doch dem Herzen kann nichts vorgegaukelt werden in der Tage Weitsicht, Wissenschaft und Spiel

Wer ist je berühmter als gerade Ich geworden, derweil du dazu neigst Mich ausser Acht zu lassen im Gewirr, Geschwirr und Sapperlot der Lebenszeiten

Ich lauere an deinem Tor auf den Moment wo du aus deinem Schneckenhaus hinausgehst gradewegs zu Mir

Mir zu Füssen ist gut leben in der Eintracht mit den furiosen Weltendingen.

Eine Botschaft an die Völker tritt gewandt aus Mir hervor: Ihr *seid* und sollt euch dementsprechend heldenhaft und himmelsfroh benehmen

Lässt du dich gehn geschieht das Wunder, dass Ich mit dir gehe bis ans Ende aller Weltenzeiten

Wache, unterscheide und sei rein in deinen Dispositionen, damit der Herr dich führen kann ins himmlische Genügen

Zart und zierlich spriessen in dir Meine Setzlinge empor

Glorioserweis vermarkte Ich die Schätze die Ich intus habe an die Weltenbummler in des Universums Irgendwo

Keine Klagen, nur ein gläubig Lächeln
Meiner Vielfalt zu

Was Ich spende ist des Seins Verhältnis und
beglückendes Entsagen

Jedes Opfer lohnt sich wenn es Mich betrifft im
Überragen

Händel halten dich am Bändel deiner kleinen Welt,
Hohheit hat noch immer in die Herrlichkeit des Herrn
geführt

Klaren Sinnes sollst du Mir entgegenschreiten,
alleweil in dir

Weide dich an dem was Ich dir Bin und trage Sorge
zu dem Deinen

2.21
Was dich bewegt ist stets auch Meines Seins
unendliches Bewegen

Kannst du ermessen, wie gediegen Ich im
Zeitenlosen existiere?

Scheiterst du, so stelle Ich Mich alsogleich als
Retter hin in deinen vielverschlungnen Albernheiten

Was vordem trübe für dich war wird mählich
aufgehellt von Meinem wundersamen Mich-An-
Dich-Verstrahlen

Bist du konsequent in deinem Denken, Sein und
Tun, so kann Ich dich von deinem Weltenwahn
befreien

Ohne Meinen Eingriff wird dir das Wesentliche, das zu tun ist, tief verborgen bleiben

Ich verleihe dir die Kraft, den Weltenbau an Meiner grünen Seite wohlgefällig zu vollenden

Spürst du ein Drängen, dränge dich galant und hoffnungsvoll, anspruchslos und gläubig Mir entgegen

Bringst du dein Leben auf den Punkt, so punktest du genausogut bei Mir

Opferst du dich einer edlen Sache, opferst du dich Mir mit wundervollen Konsequenzen

Rar sind die die sich allein von Mir beglücken lassen wollen

So bist du denn in dir -wie im Unendlichen- Daheim in deinem Dich-Begründen

Wachend oder schlafend Bin Ich dein Begleiter in den Geisteshöhn

Wie bist du an das Gegenwärtige verloren derweil das Ewige dir so verlockend vor der Seele steht

Was dir noch fehlt sind Meine unvergänglich weisen Lebenslehren

Du bedeutest dir gar vieles was Ich längstens hinter Mir gelassen habe

In schöner Eintracht mit den Gläubigen der Welt sollst auch du dich himmelwärts bewegen

Dein Zuviel ist bei Mir lange noch zu wenig in Bezug
auf das unendlich angelegte Reüssieren

Was dir bekannt ist lässt sich lang noch an den
Fingern zählen, bei Mir hingegen kommt
Unendliches ins Spiel

Was du wachrufst hebt sich noch recht schläfrig
Meinem Sonnentag entgegen

Vorwärts denken, hinter dir den Schutz der
Wachsamkeit und in dir seelenvollen Frieden

Warmherzig und bescheiden sei der Welt und allem
Leben gegenüber, Mir die Ehre zu erweisen

Im Rang der Hohheit bist du ständig herzlich zu Mir
eingeladen

Willst du trauern, binde dich, und willst du frei sein
lass dein Sinnen in die Himmelweiten fahren

Kapitale Fehler wirst du nimmermehr begehn, sowie
du Meine Führerschaft gewonnen

Was dir prophetisch vorkommt ist in *Meinem* Sinn
die logische Entfaltung ungeheurer Kräfte in des
Alls erhabener Struktur

Was beliebt ist trägt sich fort und fort zu sagenhaften Ufern

Was läufst du Mir davon wo Ich dich unablässig
suche

Wie edel musst du sein, bis Ich dir ausgezeichnetes
Benehmen attestiere

Das Unvernünftige hat keinen Stellenwert in Meinen sakrosankten Büchern

Wo immer du dich aufhältst ist Unendliches im Spiel

Wo dich die Zuversicht bewegt ist alles eitel Freude und Gelingen

So vieles wird sich dir als Glück erweisen was du eben noch als Ungemach verwerfen wolltest in des Leben Prüderie

Ich teile mit, dass alle wahren Gottesgaben Freude und Glückseligkeit bewirken

Nach der Ebbe wird auch dich die Lebensflut ins Kosmische erheben

Verstehe dich auf weniges, denn auch das Dürftige kann sich im Götterblick als grandios erweisen

Selbst in ausweglosen Situationen Bin Ich dir noch Heil und Heiligung im Wunderbaren

Observator Meiner eigenen Affären Bin Ich
Schlag auf Schlag

Bewegtes und Bewegendes sind eins
in Meinem Seinsphilosophieren

Was dich behindert hindert Mich nicht
im Geringsten daran, Meine Pläne schlankweg auszuführen

Wer kontrolliert den Ablauf der Geschichte über Myriaden? Ich, der weltgewandte Förderer der guten Sitten und des fabelhaften Umgangstons

Wie kannst du zögern, wo *Ich* in dir das Zepter führe

Erste Qualität von *Meiner* Stange übertrifft bei weitem was du immer bieten magst

Keine Frage was dir frommt in deinem Zustand jämmerlicher Pubertät

Blanco will Ich dir bezahlen, was dir wirklich nützt in deinen Dispositionen

Verrichte dies und das, doch unterlass es, Mich dabei zu schädigen

Bemühst du dich, vor allem Mich zu ehren, kann Ich dir die Würde eines Seinsverständigen bescheren

Getragen und gesäugt bist du von Mir und Meinen Kombinationen

Was *Meine* Ziele sind,
ist an deinen schwerlich abzulesen

Nichts gegen Schwerenöter, aber Mir genügen nur der Wachen klar gesetzte Weltenziele

Was sich ziemt ist mit markanten Lettern in dein Weissbuch eingeschrieben

Ich rechne damit, dass du einmal doch in Meinen Gärten freudestrahlend dich ergehst

Das Ewige reicht bis hinab in deine Tiefen,
wenn du ihm Einlass und Relieve gewährst

Die Bonität deines Schaffens stählt sich an der Meinen, insofern du Umgang mit Mir pflegst

Was immer du dir leisten magst wurde vordem
über *Meinen* Leist geschlagen

Grundlos wirst du nie von Mir getadelt, doch stets
um Meinem Richtwert zu genügen

Bewahre dich im Sein und du bist ein für allemal den
Wirrnissen der Welt enthoben

Bist du wach, belauschest du die Schlafenden in
ihren seinsbedingten Nöten

Wie fein, wie hell, wie feurig ist Mein Stil verglichen
mit dem deinen

Geschöpfe Meiner Art und Güte sind die Menschen
im Allhier, geruhsam zur Vollendung hingetragen

In grossen Zügen weißt du dir zu helfen, doch *Mein*
genialer Zug ist jeder Hilfe bar

Woran du scheiterst stelle Ich Mich alsogleich als
Retter vor in deinen vielverschlungnen Wider-
wärtigkeiten

Was vordem Trübe für dich war wird mählich
aufgehellt von Meinem wundersamen Mich-an-dich-
Verstrahlen

Bist du konsequent in deinem Denken, Sein und
Tun kann *Ich* dich vom Weltenwahn erlösen

Ohne Meinen Einfluss wird dir das Wesentliche, das
zu tun ist, alleweil verborgen bleiben

Ich verleihe dir die Kraft, den Weltenbau an Meiner
grünen Seite wohlgefällig zu vollenden

Gehörnte haben keine Zutritt zum Geheimnis
Meiner Ich-Natur

Mir flechten Elfen Blütenduft ins Haar

Gelobt sei alles Land, worein Ich Meinen Fuss
bewege

Die Welt gibt ihre Lebensfreude im Erblühn der
zarten Blümchen wieder

Das ist der Tag, den Ich allwie im Märchenreich
erlebe

Ich wandle im Gewand des Friedens durch die
selige Natur

Von der Weisheit Schleiern sanft umspielt, will Ich
kein andres Glück dazu erleben

Wie hingehaucht erscheinen Mir die Silberwolken
in der Schwebe.

Freudevoll betrachte Ich die Blumen
im verzauberten Gemüt

Die Lust am Leben schillert auf dem feingerifften
See

Aus nichts und allem habe Ich den Zauber dieses
Augenblicks erspürt

3

Holdselige Bescheidenheit

3.1

Krämerseelen werden von Mir stets auf ihre
minikrime Räumlichkeit verwiesen

Was du immer tun magst tue es in *Meines* Namens
Wohllaut und Erlaben

Das Künftige soll immer dem voraussein
was schon einmal war

Holdselige Bescheidenheit schmückt was du *Bist*
bereits in deinen Erdentagen

Wahre Kompetenz ist immer dem Kompendium
von *Meiner* zauberhaften Gegenwart entnommen

Bist du bereit die eignen Barrikaden heldenhaft zu
überwinden wirkt Mein Wille in dir
Wunder des Genesens

Das Aufblühn des Bewusst-Seins wird in dir
gediegene Glückseligkeit bewirken

Merkantiles ist nur in der Fülle Meines
Geistvermögens wahrhaft schön

Wo treibst du dich herum, wenn nicht unbewusst in
Meiner Gärten zauberhafter Schöne?

Ich übermittle dir die Botschaft reinen Seins in
deinen eigenen Gemächern

Die Kunst zu sein ist als die edelste, wahrhaftigste
und wonnevollste zu bezeichnen

Dein Bewusstsein soll bis in die Sternenräume sich
ergehn in hunderttausend Faszinationen

Das Wahrhaftige hebt an mit seinem Sein zu
punkten und geruht, bis ins Unendliche zu reichen

In keuscher Minne um das Göttliche in dir zu
werben ist besonders licht und morgenschön

Weder Ach noch Krach sind dazu angetan,
an Meinem Fürstenhofe Wohnstatt zu beziehn

Bekennst du dich zu Mir ist alles, was es für dich
zu erringen gilt, gewonnen

3.2
Willst du wahrhaft frei sein, binde dich an Mich für
Ewigkeiten

Wohlstand wallt durch deine Adern, wenn du Mir
zuallererst vertraust

Willst du alles was du hast auf *eine* Karte setzen
setze alleweil auf Mich, so wirst du nie enttäuscht
sein

Wohin des Wegs; hast du ihn schon gefunden?

Der Clou ist der Humor, der sich wohltätig über
alles Üble legt

Ich rechne dir die guten Taten höher als die
miserablen an

Die Gerechten Meiner Huld sind frei von
Schuld und Sühne

Anstand kostet wenig, Grobheit viel

Keine Sorge, ich erlaube dir dich in Mir
wohlzufühlen

Wie nett ist es, dich nett zu finden, selbst im
schrecklichsten Gewühl

Was du dir nie verzeihen kannst ist
Mich hereinzulegen

Genauso wie du Mir begegnest
kann Ich Mich dir offenbaren

Was findest du bei Mir:
das All für deine Seele

Was immer du für Mich vollbringst, ob bescheiden
oder virtuos, ist wohlgetan

Gelingt es dir, Mich zu erkennen, ist dir
der Himmel offen im beseligten Gemüt

Wie vif du immer bist, kannst du von Mir noch
Unermessliches erlernen

3.3
Um dich gezielt zu motivieren braucht es manchen
bärenstarken Stoss

Bis du dich zu benehmen weißt, muss viel
Bedenkliches von dir verlassen werden

Willst du wahrhaft menschlich leben, lebe
seinsbewusst in Mir

Bist du jederzeit bereit auf Mich zu hören,
spreche Ich dich überraschend an

Merke dir: Dein Sein ist *Meinem* Schöpfertum
entsprungen

Wovon du träumst ist immer Meiner Grazie und
Grösse Fürstenleben

Melodiös ist alles in der Welt, wenn du`s nur
meisterst dessen Wohlklang zu vernehmen

Deine Genialität ist ein Produkt der Meinen in des
Universums grandiosem Plan

Einäugig durchstreifen die Menschen die Welt und
versäumen es hinter die Dinge zu schauen

Was wäre die Welt ohne Meine Guthand: Ein
erbärmlich aufgehäufter Trümmerhaufen

Ebenmass und Stärke sind die Attribute
Meines Gotteswillens im Allhier

Kombiniere was du weisst mit dem was *Ich* dir
biete und du bist ein gemachter Mann

Opferst du den Frieden, missbrauchst du das
Vertrauen das Ich in dich hege

Wohin laufen deine Wege, wo *Bist* du und wer
leitet dich dem Gottesziel entgegen?

Siehst du in deinem Königreich von allem ab,
was wird dir dann noch bleiben?

Steckst du im Notfall, wirst du auch
die Medizin dafür erfinden

Nach allen deinen Fällen kommt der Fall in Mein
Bewusstseins Tiefen

Bist du wahrhaft grandios, vermagst du auch
das Winzige devot zu tragen

3.4
Dasselbe Herz für alle,
liebevoll und schön

Gewinnst du Achtung vor dir selber
kann auch Ich dich umso mehr beachten

Beginnst du Mich zu kennen, kann Ich dir
bedächtig Meinen Namen nennen

Kontrapunkte kosten viel, wenn du ihr Wesensein
verkennst

Deines Liebchens Stärke ist
zur rechten Zeit ein Tränchen

Weisst du jederzeit wie spät es ist, kannst du
manchem Unheil elegant entfliehn

Vortreffliches ist nimmer ohne Meisterschaft zu
haben

Edelmut und Hünenkraft sind ein
bewundernswertes Paar

Gewinn ist
Mich als Quell zu anerkennen

Wofür du *bist* ist besser als wogegen

Das Gewohnte ist der Tod des Ungewöhnlichen

Platziere deine Wünsche dort
wo sie Erfüllung finden

3.5
Erlebe dich in Mir und du bist aller Sorgen
wunderbarerweis enthoben

Wacker zugegriffen bringt am ehesten Erfolg

Westend, Ostend gibt es nicht in Meiner
göttlichen Lagune

Aufgebracht sein ist nicht angebracht
in Meinen Liebesgärten

Das Offensichtliche kann täuschen, wenn du seine
Gründe nicht gewahrst

Dem Wohllaut der Geschichte stimmen wir ein
Loblied an

Moment und Ewigkeit sind eins in Meinen
lichterfüllten Sphären

Verborgen ist Mein Schatz in
strahlenden Unendlichkeiten

Wo sich die Wege kreuzen
Bin Ich immer mit von der Partie

Kapitän in eigner Sache Bin Ich überall wo
dringender Bedarf besteht

Die Gnade des Erkennens geht stets Hand in
Hand mit deiner Übersicht einher

Wovon du zehrst ist immer mit Entschädigung
verbunden

3.6
Kontrolliere dein Gewissen und sei alsogleich an
Meines angeschlossen

Das Winkelmass schärft deinen Blick für blinkende
Genauigkeiten

Woran du zweifelst hält dich von der Wahrheit fern

Wie die Tage reifen
reifst auch du zu Mir hinan

Der Blick in *Meinen* Reichtum lässt den deinen
mickerig erscheinen

Weihst du dich dem Sein, decke Ich dich mit All-
Liebe ein

Willkür ist Mir fremd
um Meinen Willen durchzusetzen

Das Erhabene vermag sich in sich selber
zu erklären

Ich wandle was zu wandeln ist
unweigerlich im Wandel der Äonen

Wohin Ich in Mir schaue
schau Ich Harmonie und Frieden

Meine Mitte ist das All an jeder Stelle Meines Mich-
Befindens

Gloria in excelsis deo:
Meines Siegens Hausparole

3.7
Suchst du wahre Werte, findest du sie akkurat
in Mir

Über allem ist die Ruh des Seins für jedermann
zu finden

Wirf dich in Meine Höhn, in Meine Tiefen, und du
kommst alleweil am selben Orte bei Mir an

Die Überraschung ist auf deiner Seite, wenn du
Mich erkennst im Innewohnen

In den Höhen sind die Geistesböen
deines Daseins Inventar, dich zu erheben

Meisterschaftlich leben öffnet dir der
Himmelshöhen Tor

Nach des deinen endlichem Verklingen kann das
Konzert bei Mir beginnen

Nie genug auf Anstand kannst du halten in des
Himmels silberglänzendem Azur

Weite deinen Blick, Universen zu begreifen

Wem die Stunde schlägt wächst in unendliche
Bewusstseins-Sphären

Wo *Meine* Liebe herrscht, erfährst du Zartheit,
Zuversicht und Frieden

Unbekannt ist dir dein Schicksal
bis *Ich* es dir geziemend offenbare

3.8

Die Beziehung zum Unendlichen ist deines wahren
Fortschritts Poesie

Mächtig schwillt der Bogen Meiner Güte an,
das Universum zu durchströmen

Das Köstliche ist köstlich erst in Meinen
lichterfüllten Sphären

Dein Freisein war schon immer in Unendlichkeiten
abzusehn

Auf und Ab begleiten dich die Lebensgeister durch
den Dschungel deiner sprossenden Gefühle

Konkret gesagt verlange Ich von dir, dich als
Seinsverständiger und Glückbegabter zu erweisen

Das hohe Gut des Freiseins kommt auch dir
zupass, sofern es dir gelingt dich von dir selber
freizuhalten

Die höchste Würde allen Seins ist in Mir
vorgegeben

Das Weltgewissen treibt dich durch Äonen
vor sich her

Sowie du Mich verehrst kann *Ich* dich mit
Glückseligkeit beehren

Ich empfehle dir dein Trachten schleunigst
Meinem anzugleichen

Deine Seele Mir zu weihen ist das Höchste was dir
je gelingen kann

3.9
Bei allem Ernste gibt es auch des Lächelns süsse
Marinade

Qualität von Gottes Gnaden leistest du
wenn du dich Ihm vollends ergeben

Kollaboration mit Mir ist das Gepflegteste was du
dir leisten kannst in Meinen gloriosen Gründen

Ruhig Blut vermag schlussendlich
Wunder zu bewirken

Was machbar ist muss nicht um jeden Preis
verwirklicht werden

Riskiere nicht was andre nicht riskieren, aber rette
das zu Rettende mit Löwenmut

Jedes Wenn und Aber nützt dir nichts, wenn *Ich*
zum Aufbruch blase

Hanebüchern ist die Unbekümmertheit
mit der so viele durch ihr Leben schwadronieren

Ein Ereignis folgt dem anderen auf *Meine*
Rechnung und Gefahr

Liegst du in Wehen kann *Ich* dich jederzeit davon
entbinden

Hüben wie drüben der Strebenden Heer

Was immer du erhoffst wird dir von Mir zum Pfand
gegeben

Vollbringe was dir frommt und du wirst grandios
vor Götteraugen

Sowie du dich im Oberen bewegst
wirst du enormes Freisein spüren

Das Licht der Welt zu sein ist besser als die Welt
partout im Lichte sehen wollen

So *Ich* in dir wohne resultiert daraus
dein Herzens Wohl

Was eh`mals gut war mag dir heute
schädlich scheinen

3.10
Genug des Streitens – schliesse dich der Einheit
allen Lebens an

Stellst du dich vor
so stelle Ich dir nach

Bin *Ich* präzise solltest du es auch versuchen

Wer weiss ob du Mir je die Stange halten magst

Was Ich von dir verlange ist bei weitem
nicht zuviel

Über den Wassern erstrahlet des Geistes
glückseliges Sein

Mehrwert deiner selbst soll auch aus dir
erspriessen

In Meiner Grazie magst du getrost das All bereisen

Ich verkünde was dir frommt in
unablässigem Berufen

Wo immer du erscheinst
Bin *Ich* im All erschienen

Wann wendet sich dein Blatt
Meinem lichten Leben zu?

Was es bei Mir gibt ist anderweitig nicht zu haben

Wo immer sich die Lebenskräfte kreuzen
Bin Ich mit im Spiel

Wo *Ich* noch wach Bin schlugst du lange schon
die Augen nieder

Selbst das Grandiose wird aus einem minikrimen
Keim geboren

Wovon du träumst ist *Meines* Träumens
Konterfei und Stil

Warner deiner Welt Bin Ich
dich seinsloyal und redlich zu verhalten

Selbst einen Sternwurf weit von dir
vermag Ich dich noch locker zu erreichen

Ich taufe dich mit Lichtkaskaden wo du gehst und
stehst in Universenräumen

Ausgezeichnete Manieren sind erwünscht im Klang
der Seinsgeschichte die *Ich* inszeniere

Meilensteine setz Ich vor dich hin
dich ins Unendliche zu führen

3.11
Meine Prägung ist von deiner millionenfach
verschieden

Relativ gesund kann auch recht krank sein in den
Augen Seiner Gnaden

Ohne Grenzen sind die Weiten Meines Schauens
über dir

Die Konsequenzen sind enorm, wenn du dich nicht
dazu ermannst, Mein Reich beizeiten zu betreten

Das Seinsgefühl bewegt sich zwischen dir und Mir
in ständigem Fibrieren

Kleinigkeiten sind oft grosser Wirkung Kapital

Konstanz ist Meine Stärke über deines Konterfeis
Fallaria

Brillanz ist dir gewiss, wenn du durch Meine Ära
dich bewegst

Wo Zebras sind da ist Gesprenkeltes in Fülle
zu erwarten

Komisch muten Mich die Leute an die sich als
Fleisch von Meinem Fleisch bekennen

Manche Nöte der Menschen sind Meines Lächelns
Spalier

Was du in Mir getan muss nimmermehr erwogen werden

Deine Weise zu regieren ist vom Eigensein geprägt

Kompromisse sind ein Segen für
zerstrittene Gemüter

Schläfst du für dich selbst Bin Ich der einzig Wache im Quartier

Allererste Wahl ist nur bei Mir zu finden

Selbst deine grössten Pläne sind in *Meinen* Augen noch embrional

Kenner künden sich durch ihre Himmelsweisheit an

Mein Erbarmen gilt den Unbewussten in der Weltenzeiten Los

Brave Bürger kümmern sich recht wenig um den Charme der Ewigkeiten

Wo viele zugleich dirigieren wirkt das Orchester kurios

Wohin mit soviel Geist: hinein ins Fleisch, damit er nicht verdorrt an seinem eignen Unbehagen

Abgekartetes ist stets am Offensichtlichsten bedroht

Durch Bellen wollen sich Kurzangebundene bemerkbar machen

3.12

Was rund läuft läuft auf *Meinen* gutgeschmierten Gleisen

Kleistre nicht zusammen was zerbrach; Gewiefte lassen es gemach zusammenwachsen

Konstruktives wird von Meiner Hand gefördert wunderbar

Entfaltung deiner selbst ist Trumpf in allen Lebenslagen

Viele Stimmen aus dem Hintergrunde drängeln sich ans Licht in deinem kärglichen Begreifen

Wie zwischen Land und Meer schaukelt deine Seinsbeziehung hin und her

Überspitzt gesagt bist du ein Nichts Mir gegenüber in der Lebenswelten Bacchanal

Viele Köche bringen Wallung auf die Szene und verderben sich damit den Braten

Der Warner steht allein, wenn er nicht Ohren findet ihm zu folgen

Feines ist nur fein für den der es zu schätzen weiss

Gelingt es dir dich für Mich freizuhalten öffne ich dafür den Himmel über dir

Über weite Strecken führe Ich dich gradewegs ins Ziel

Ich stille deinen Hunger nach Gerechtigkeit und
Frieden unfehlbar

Geisterfahrer sind gerade nicht
von grossem Geist besessen

Jede Königsdisziplin wird von der Meinen weitaus
übertroffen

Heiteren Gemüts verklärt sich dir das Leben

Erfreuliches verlangt nach mehr
im grellen Wunderlicht der Zeiten

Was du vordergründig lebst ist *Meines* Lebens
Varietee und Stil

Was reift in deinem Leben, wenn nicht eine Spur zu
Meinen Schössen?

Was findest du wenn du mich suchst: Dich selber
auf des Lebens Geisterbahn

Im Schoss der Zeit sind *Meine* Rätsel allerliebst
verborgen

Findig bist du schon, doch *Mich* zu finden bleibt dir
lange noch versagt

Was immer du dir überlegst ist *Meines* Überlegens
blinkende Lasur

Glaubst deine Werte sicher in der Weltnatur
findest du von ihnen in der Meinen keine Spur

4

Vom Odem des Weltraums berührt

4.1

Erde, vielbekribbelter Planet
Ich verfolge dein Äonenschweben
durch des Universums schauerliche Tiefen

Sterngeflitter führ Ich vor dich hin
berührt vom Odem des Weltraums
dein Herz zu entzücken

Deine Seele löst sich vom Gewirk der Tage
und entschwebt ins Geheimnis
der räumlichen Ruh

Ins Leben Gestellter
versehrt von der sengenden Glut,
wer heilt noch das Weh deiner Wunden

Aus dem Meer der Stille
schöpft die Seele
Seins-Vertrauen

Atmend
begreifst du
den Atem der Welt

Erde, aussen geringer denn Sterngold
innen, sonnengleissendes Strahlen

Das *Ich Bin* , das du Bist, erkennt sich
im seligen Sein

Entseelt liegt dein Leib
reglos vor dir

Solang wir Diesseitige sind
sind wir Analphabeten des Seins

Als Gereifter
erntest du hundertmal mehr
denn gesät

In der Wesensstille
umfloren deine Gedanken die
hellen Gestade des Seins

Seit Christus ist die Erdwelt
vom Hauch seiner Liebe
beseelt

Das Weltenwesen ist innig
vom Sonnengeiste durchzogen

Wann wird dich die Freude am Sein
ganz erfüllen?

Im Sein ist
unendlicher Frieden

Still ruhen
See und Seele
in seligem Schweigen

Mir lächelt die Zeit
ohne Ende
Glückseligkeit zu

Die Seele entgleitet
und findet im Atem der Stille
erhabene Ruh

4.2

Sie ruhen in seligem Schweigen
sich Liebe und Sanftmut verströmend

In Wonnen umschlungen
das Sein zu erleben

Wang an Wange
rührt sie der Odem der Zärtlichkeit an

Wer möchte nicht
-vollkommen vereint-
die Gründe des Lebens erfahren?

Auroras rosenem Leuchten
vereint sich der Atem der Seligen

Siehst du
der Liebenden Blicke
selbander in Seligkeit ruhn?

Sich nah sein ist alles
verspricht das entzückte Gefühl

So selig in Träumen
das zärtliche Paar

Trauliche Nähe
holdseliges Sein

Was pochst du mein Herze
was lächelt der Mund
was flüstert die Kerze
ins trauliche Rund?

Zärtliche Augen
Juwelen der Nacht

Ihres Leibes Kunstwerk schauen
hat sein Herz wie nichts bewegt

Schlaflos
in
Träumen von dir

Im Erwachen
ganz Gefühl
unendlichen Sehnens

Vergessen find ich
wenn ich mich in dir verberge

Du bist die Glut
an der ich noch so gern
mein Herz versenge

Sovieles möchte ich dir sagen
derweil die Lippen
deine Weichheit überwehn

Du und du und eine Flut
der Einsamkeit geweihter Tränen

Samtene Stille
Verlobte des Schweigens
im Odem des Nachtraums

Derweil du ruhst leg ich voll Liebe
einen Rosenzweig in deinen Schlaf

Ich schweige
du schlummerst
ins selige Ruhn

So nah, ich muss
dich leis berühren

Von mir ein Rosenblatt
auf deinen Lippen

Erwachen,
und wieder nimmt mich das Leben
in bittere Zucht

Du lachst, derweil ich
erschauere
vor dem Ernst meiner Zeiten

Wenn du die Schale nicht sprengst
erstickst du in ihr

Die Nacht hebt ihr Lid
vor Auroras immenser Pupille

O süsse Wacht
mit Rosenduft im Herzen

Von deinen Augen
hab ich die Sprache der Sterne erfahren

Derweil du bei mir warst wusste ich nicht
wie sehr ich dein Hiersein vermissen werde

4.3

Schau ich in mich, so seh ich dich
im Spiegel der verliebten Seele

Du erfüllst mein Sein
mit deinem Innig-an-mich-Denken

Ist es ein Traum, ist's wirklich
dass ich lebe?

Dies Geheimnis nehm ich
mitten in den Schlaf

Die Gefühle beherrschen
welche Göttertat

In dir ist, Mein Geliebter,
eine Prise Kosmos heil geworden

Ins Rad des Menschenschicksals
greifen die Titanen

Getrennten wird die Begegnung
zum Festmahl hienieden

Wer sich an die Menschenwelt vergibt
des Leben wird von Gott erhalten

Gib alle Sicherheiten auf
deiner Grösse zuliebe

Balsamisch träufelt sich
die Stille ins erregte Ohr

Wie Nebel durch die Niederungen
schleicht die Wehmut dir ins Herz

Hüte dich davor
dein Herz zu verraten

Nur an dir noch
wollen die Gefühle sich entzünden

Abgründe des Herzens
überschwebt die zärtliche Liebe

Unaufhörlich flüstert mein Herz
deinen Namen ins Wogen des Sehnens

Du "wirst", indem ich
-bar des Sehens-
dich befühle

Im Schoss der Nacht
beginnt der Liebestraum zu leben

Die Fingerbeeren nähren sich
vom sanften Übergleiten

Wenn sich im Schlaf die Lebenswinde legen
wird endlich in den Leibern Ruh

Im Erwachen spüren:
du bist da

Das Herz entzündet sich
am Strahlen deiner Augen

Ich werf dir einen Schleier in den Traum
aus Liebeleid und Zärtlichkeit gewoben

Dein Bewusstsein wallt vom
Rand der Zeit hinüber in die Ewigkeiten

Jedes Wort
ein stummes Liebeszeichen

Wir führen uns am Gängelband der Liebe
durch die Lebenszeiten

Auf einmal wurde mir bewusst
dass ich dich liebe

Wir können ohne die Liebe
nicht sein

Entzückt
sind die Augen von farbenen Blüten
das Herz
vom Rhythmus erhabener Ruh

Deine Augen, deine Augen
welche Seele lebt in dir

Nur leise die Lippen berührt
und schon innig vom Feuer durchronnen

Von Herz zu Herz
ein singendes Erstrahlen

Was immer die Liebe bedenkt
führt sie zu des Herzens holdseligem Strömen

Hier treffen wir uns
und führen uns zärtlich
Unendlichem zu

Gefühl
geweckt
will nimmer schlafen

4.4

Worte wie Flügel
zum holden Entschweben

Unendliches wogt im
verschwiegenen Herzen

Voll Zartheit will ich
meine Lippen auf die Liebesweide führen

Ich erkenne dich
am Pochen meines Herzen

Du hast meiner Sehnsucht
unendliche Dauer verliehen

Dem Zauber entbunden
alles verschwunden

Hoffnung
Wintergarten der Seele

Hin und wieder lässt uns das gnädige Leben
hinter den Vorhang sehn

Wenig braucht es bis wir traurig,
viel mehr bis wir Glückliche sind

Unser Glück sind des
Schaffens Momente

Und immer neu
die Suche nach dem Sinn

Keine Wörtlein,
nur die Wahrheit finden

So wallen die Verliebten
übers wildbewegte Sehnsuchtsmeer
der strahlenden Glückseligkeit entgegen

Im Reich der Zärtlichkeiten
dichten sie sich selige Freuden an

Den Silberglanz des Mondes
lass ich über deine Wangen fliessen
verfüge, dass das Gold der Sonne
deinen hellen Nacken ziert

Trotz Weh und Ach
fühlt meine Seele sich vollends
im Sein geborgen

Hebt sich der Blick
erheben sich die sinnenden Gedanken

Was wagst du, Wicht,
mit Gott den Bruderbund zu schliessen?

Ein Wort
ein Bild
gesetzt für alle Zeiten

Mit Herz und Willen
pack das Übel an

Sagst du dir nein
darfst du das Haupt
einwenig höher tragen

Soviel du immer weisst
du weisst dir nicht allein zu helfen

4.5

Das Leben lispelt dir von mir
die Melodie der Zärtlichkeit ins Ohr

Innig lächelt meiner Seele Wesen
deinem zu

Im Versunkensein gewährst du
deinem wahren Ich
die Stimme zu erheben

Wo *Ich* Bin
ist alles noch im Reinen

Ich verehre dir
den Wohlklang meiner Liebe

Linde Zärtlichkeit
mit der ich dich umwebe

Zum Brautgeschmeide
zieh ich dir den Glanz der Sonne an

Mit Seelenjubel will Ich dich
-Geschöpf der Andacht-
liebevoll erfüllen

Kaum dass mein Strahl dich leis berührt
schwebst du in Rosenwolken

Vom vielen
zum Einen

So find ich im Schweigen
erhabene Ruh

Derweil du wirklich denkst
ergründest du die Wirklichkeiten

Heut bin ich ganz
von Seligkeit durchdrungen

Der Herr erscheint
im namenlosen Schweigen

Ich verströme
Licht und Heiterkeit
in alle Wesenswelten

Voll Zartheit neige ich mich
deiner Liebe zu

Im Leidenschaftlichen musst du
in Feuerflammen schmachten

Doch immer steigt aus deinem Herzen
-rettend dich-
der Liebe reiner Strahl

Beständig schlägt mein Herz
in Harmonie selbander mit dem deinen

Du gehst mir nimmer aus dem Sinn.
Ich möchte dich mit einer See von Rosen
rings umgeben

Dir gilt mein erster Gruss wenn ich
frühmorgens in die Welt herniedersteige

Wir atmeten im Hof der Burg
den Hauch von längst vergangnen Zeiten

Um deines Strahlenlächelns willen
reis` ich liebend gerne
tausendmal zu dir

Was sind denn alle Sterne
vor dem Liebesglanz in deinen Augen?

Am frühen Tag, so fein ich mag
vollzieh ich ein gefällig Rituale
dass du erkennst, wofür du brennst
voll Glück mit einem Male

Ich hüll dich ein, Geschwisterlein
galant in mein Empfinden
wo köstlich du wirst Herzensruh
im Paradiesesgarten finden

Ich bewahre dich davor
im Teich der Wehmut zu versinken

Du bist Glanz von *Meinem* Glänzen
wenn du dich erhebst

Im Zeichen Meiner Kühnheit
wirst du selig
nach den Sternen greifen

Sieh, Ich Bin dir in dir selber nah

Dir, Meiner Herzenswunde,
will Ich immerzu
Barmherzigkeit erweisen

Kaum berühr ich deine Lippen
springt der Funke der Begeisterung hinüber

Oft blick ich dich nur zärtlich an
um dir ein Fest der Freude zu bereiten

In der Meditation webst du das Kleid
an dem die Engel dich erkennen werden

Ich spüre ja, du bist mir nah
und das soll mir genügen
es ist so fein, Geschwisterlein
ein lieb's Zusammenfügen

Wir sind ins Kleid Gemeinsamkeit
für immer eingeschlossen
und sind dazu, du Liebe du,
vom Liebeslicht umflossen

Es sind die zwei und zweimal zwei
und immer zwei, die sich begrüssen
und sich im Erdeneinerlei
gar lieb die Zeit versüssen

Ich komme von drüben
und leg dir eine unendliche Botschaft ins Herz

Gott hat die Zeit
wie kommt es, dass die Menschen keine haben

Hin und her im Fieberwahn das Haupt geschlagen
irr geredet und das Herz verblutet
nach dem Stern

Quäle, geissle mich du Rabenmutter Leben
immer wirst du aus dem Seelenkummer
lichte Träume schlagen

Der Unruh Schlangenbrut schlich sich ins
Herzgewölbe.
Allein das Liebefeuer kann sie noch vertreiben

Zum starren Mauerblock gelegt die Wangenhaut
den heissen Sehnsuchtsschrei zu kühlen

Kreist der Aar in blauen Lüften
kreisend zwischen dort und hier
in Schwebezeiten

Eine Stimme klagt im Bluthorst,
weh, ich fühl mich ausgestossen

Meine Zeit steht still, ich geh an ihr
-ein Schatten- stumm vorüber

Beiseite wälzt die Erde sich
im Bett der Sphären,
gute Nacht!

Der Schwingenflug ins Grandiose
bewahrt dich vor dem Absturz
ins Verzweifeln

Ich weine Blut auf meine Nacktheit
Herr. – Dein Sohn.

In meinem Nachtloch springt mich unverhofft
die Sonne an

Ich muss zerreissen was mich würgt
den Neutag zu erleben

Von stummen Rächern fühl ich mich umschlichen
an den Äxten Blut

4.6

Genug gelitten durchschneid ich dir den
Lebensfaden
und du – lebst

Mir ist der Glaube ein Koloss
mich zu zerschlagen

Ich treibe auf der Barke Starkmut
durch die finstre Nacht dahin

Aus meiner eignen Wunde
muss ich endlich fahren

Im Fernen schwebst du, Erdchen,
mäuschenstill und federleicht
durchs Äthermeer

Du wimmerst.
Kätzchen wimmern auch -
bevor sie Mäuse jagen

Zur Gerbe Gottes
musst du deinen Buckel tragen

Mich Winzling starrt
ein Riesenauge an

Die Maus im Käfig sieht die Katz
die Zähne blecken

Hat dir die Lanze Siegfriedes
doch das Schulterblatt durchstossen

Trink – und ertrinkend
wirst du doch genesen

Eine Schicksalswoge will dich überschwappen
Flieh sie nicht, doch lauf ihr hemmungslos
entgegen

Ich setze einen Bluthund
auf dich an

Die Rippen
werd` ich dir zermalmen

Der Baum -ein Schneepilz-
über Nacht emporgeschossen

Der Mensch, von Elend
ein Gemisch – und Abergrösse

Ich such dich, weil du mich vergötterst
und flieh dich – weil du mich verbrennst

Dass ich hier lieg und dich bedenk im
Morgendunkel
ist ebenso ein Liebeslied, derweil der Schatten
Wehmut auf die Töne fällt. Denn ohne Weh
kann ich dich nicht besingen

Du bist zuviel von allem was es gibt:
zu wild, zu feurig, zu verzweifelt wenn du zweifelst.
Und weil ich selber überborde, bin ich dir so nah
und -
weggelaufen

Das Wasser liebt den wilden Feuerschein
der sich in seinem Antlitz badet in der Nacht
und verscheucht ihn, wenn die Gluse zischend
in die Tiefe fährt. Denn Ruhe will die Tiefe
und ihre Wölbung der Verschwiegenheit
ist auch ein Dom

Die Liebe des Verzichts, die Lächelnde, im
Sich-Verströmen, sonnengleich, ist Lied der
Zähren,
das ich singen will.
Und das ich nimmer -noch ans Gottmensch
Zwiegeschlecht gebunden-
ganz versinge

Zwölf, eine magische Zahl. Elfen schwärmen aus
und bedecken die Blumen mit Nachtkäppchen
rote Füchse proben den Aufstand -
wider den Mond

Der Mönchstritt in der Klause auf und ab
und ab und auf, das Herz im Anderswo
Stockfinstre Nacht im Eisbruch
Kerzen, der Gesang der Väter, schwebend
ob der Herzen Glut

Wach
im weissen Schweigen der Kartause
dort der Leib im Schoss der Zelle
hier der Geist im Überschweben
des geheimnisvollen Tals

Das Pochen, Nacht für Nacht, von Zell zu Zelle
und die Antwort innen, mit dem Schlagholz, wach
Wie Geister heben sich die hautumwundenen
Skelette,
frierend stülpen sie die Kutte über, der Eisenwille
führt sie durch den Kreuzgang zum Altar.
Zwei Dutzend helle Schatten knien hinzu. Geister,
sich durchdringend, Mönchsgeist, Mönchsgefühl -
in seelenvollem Jubel

Im Schlafe wach sein
welch bezauberndes Gefühl
Der Haut entschweben
in den Freiraum der Gedanken

Es ist dass ich dich in Gedanken wirklich finde
und dir im zarten Fühlen Blumen wind'

Du solltest spüren wenn ich dir
mit Geisterhand den Scheitel überfahre

Sind meine Lippen, wenn sie dich berühren
wirklich ein Phantom?

Ich liebe dich
in Sehnsuchtsträumen

Das Wesentliche ist
des Herzens stille Glut

Ich sehe mich atmen
siehst du dich nicht?

Hoch über Zeit und Raum
der Denker, Fühler, Woller
Gott

Das Schneehuhn weiss um seine Weisse und -
erstarrt

Unter seinem Lächeln
grinst der Tod

Guten Tag, Herr Knochenmann
hier ist die Garderobe

Du, mein Du, ich spür mein Herzblut jubeln
derweil ich bei dir bin

Ich falte dir die Hände in den meinen
zum erschütternden Gebet

Aus dem Spiegel deiner Augen trinke ich
den Glanz der Sterne

Die Wüste, der Morgen und Abend der Zeit
Ahnung und Schrecknis zugleich, Geburt und Tod
doch dazwischen
die Vollkraft des Lebens

Die Aussage ist dringend geworden
denn das Unendliche hat nur einen endlichen
Mund in den Menschen

Er drängt sich zur Tat, solange er lebt
sinkt er ins Grab, ist das Werkzeug verloren

Mit Güte bedecken, mit Liebe versehn
zum Leben erwecken, mit innigem Flehn
Ein Lächeln dir weihen, mit bebendem Mund
dir alles verzeihen, aus Herzensgrund
Mit zärtlichen Blicken, dein Antlitz besehn
die Tränen vernicken, im Übergehn

Leise tritt er in die Kammer
setzt sich, wo die Liebe ruht
legt die Hand auf ihren Jammer
auf ihr warm gefühltes Blut

Spricht und lauscht und spricht noch immer
sucht die Lippe rosenrot
kalt ist sie im Morgenschimmer
und die Liebe kalt und tot

4.7

Die leis erwachte Zauberflöte, liegt im Nest der Zeit
und besinnt sich auf die liebesanften Töne

War es nicht, dass sie den Windhauch spürte
noch am Abend und zur Nacht
der sie zum Entzücken führte
Töne hat er angefacht

Und sie hat sich ganz vergeben
gab die Seele, ihren Leib
gab ihr Leben, ihre Träume -
in des Seins Unendlichkeit

Nur zwei Minuten Seligkeit im jungen Tage
ein Herzensgruss der Liebe dort
von der ich hier das Abbild trage
und trag es durch die Tage fort

So still, als lauschtest du
wie sehr die Sehnsucht nach dir riefe

Ein Vöglein schwirrt dir durch den Tag
voran

Das Tagwerk ist der Wehmut
süsse Medizin

Dein Engel sieht
den Seidenglanz der Liebestränen

Wohin du denkend schaust
es schaut dir einer zu

Versuch
die Blütenreinheit zu bewahren

Was er auch bringt
besinge diesen Tag

Dem Überird'schen
stimm ein Loblied an

Verloren, gefunden
ans Herz gebunden

Verloren, gefunden, ans Herz gebunden

Was immer sich die Liebe wählt
die Glut der Sehnsucht wird es wärmen

Eine Frühlingsblüre schläft
in deiner Herzenswiege

Singend soll dein Herz
zum neuen Tage auferstehn

Was still erblüht im Duft der frühen Stunde
soll herrlich durch den Tag dir weiterblühn

Ergebe dich dem Sonnenglänzen
voll Freude lächle ihrem Lächeln Wonne zu

Was darf es sein
ein Tröpfchen Wermut oder Baldrian

Aurora malt vor uns am jungen Horizonte
und malt die Liebe zweier Seelen mit hinein

Stille, fürstliche Stille
in der uns das Da-Sein umdröhnt

Der lauschenden Seele
erschliesst sich der Zauber der Welt

4.8

Das ist der Stein der Weisen
dass du den Gott in dir erkennst

Der erste Sonnenstrahl
giesst reines Gold in deine Seele

Die Blumen wachen mit dir auf
und freuen sich am jungen Tag

Die Amsel lässt gekonnt
ihr Liebeslied erschallen

Beständig wird die Schöpfung
neu geboren

Das frische Tauen
überglänz die Fluren

Soweit das Auge reicht
ist azurblau der Himmel
und die Strahlensonne steht darin

Frieden, Frieden, ich beschwöre dich, sei still
empfang den Morgenkuss mit nassgeweinten
Augen
lass dich ins Erbarmen Gottes fallen

Mein Denken ist so klar, dass ich mich denken seh
das Gefühl schwebt in Verzauberung dahin

Ich will *diesen* Augenblick
und keinen anderen geniessen

Augenblick und Ewigkeit sind eins
In weiter Ferne seh ich
das Geglitzer Zeit vorüberfliessen

Ich schweige, wie der Herr,
und schaue sinnend vor mich hin

Was diesen Tag betrifft:
ein Schillersteinchen im Gefüge ist,
in sich selbst geschlossen, - eine Welt

Ich bin so frei
wie ich mich sinnend fühle

Wie lächelt doch das Sein
dem Lächerlichen Seligkeit entgegen

Das Glück liegt nicht im Klee
doch hilfts dir, dich in seine Grazie zu versenken

Wohin du wanderst
wanderst du zum selben Ziel

Spürst du den Hauch der Sonne
flüstern: Tag

Und wenn der Tag aus weiter nichts
denn Licht bestände
wär er doch wunderschön

Ein Schleier nur, hauchdünn, trennt mich vom Sein
und seinem unermess'nen Strahlen

Ich nehme an, die Erde wird sich weiter regen
und hoffe, auch mein Herz

Solang ich schweige
führen die Gedanken mit den Räumen
einen Dialog

Deine Gegenwart verfolgt mich
wie im Unscheinbaren so im Grandiosen

Ich glaube, dass mich jemand sieht
mit meinem Glauben

Weiss ich mit welchem Ohr ich lausche
lauschend still in mich hinein

Mich reizt der Ton der Welt
nicht mehr

Die Stille ist so rein, dass ich
das Sein der Devas um mich fühle

Wenn ich die Augen offen halte, seh ich nichts,
nichts mit geschloss`nen Lidern
und dennoch will mein Herz vom Schauen
übergehn

Die Sonne spricht uns immer
mit derselben Hoheit an

Da wo Ich Bin herrscht unerschöpflich
Heiterkeit und Frieden

Die Sonne sichelt mir
den Nachttau von den Schwingen

Tritt ein ins Licht, o Wanderer
du bist am Ziel

Ich zeige dir das Kleid
an dem du webst

Nur in der Seelenstille
traut der Atem Gottes sich zu regen

4.9

Bist du hier, so Bin Ich dort
Bist du dort, so Bin Ich hier

Dir ist`s unmöglich
aus dem Sein zu fallen

Wovon ich träumte
ist nun wahr

Mir fliesst die Leichte von den Lippen
die Kühnheit ist mein Flügelschlag

Ich stürze mich vom Berg hinaus ins Leere
und befinde mich im Sein

Deine Schwingen sind das Licht
mit dem die Seele sich durchdrungen

Wie ich mich wende
streichelt mich der Sonnenstrahl

Den Duft der Weiten
will ich mir eratmen

Die Sonne sieht in ihrem Licht
die funkelnden Planeten um sich kreisen

Wer möchte nicht in ihrer Klarheit leben
wer nicht in ihrem Strahlenlichte ruhn

Den Tag in sich
mag sie die Sternennacht versüssen

Ein jeder Sonnenstrahl
streicht Spährenklänge aus dem Äther

4.10
Der Hocherhabene kennt nur
den silberhellen Tag

Ich seh dem Sonnengeiste
Liebeslicht entströmen

Vom Sonnenwind getragen
schweben Himmelsgeister her und hin

Ich habe sie ins Sein gebettet
dass sie sich darin verschwebe

Und schwebt sie
schwebt Erstrahlendes mit ihr
Ihr Licht ist aberstark
doch stärker noch ist ihres Geistes Strahlen

Äonen sieht sie, offnen Aug's,
an sich vorüberziehn

Ein Umgang ihres Schwebens
ein galaktisch Jahr (225 Millionen Jahre)

Ich habe dich
zum Schauen Meiner Grösse ausersehen

Die göttliche Lösung ist weise und rein
wie die Liebe, die alles beseelt

Das Menschenego drängt sich emsig hierhin,
dorthin
doch das Göttliche hat allerfüllenden Bedeuten

Ich Bin in dem, der alles ist
aufs Innigste geborgen

Voll Liebe spricht mich
der Gewaltige im Herzblut an

Der wache Geist
wacht über alle meine Taten

Ein Bild des Friedens ist mein Herz
derweil es sich im Morgenlichte badet

In Seiner Hut ist all mein Streben
Wohlgelingen

Voll Wärme ist mein Herz
wenn ich den Sonnentag erlebe

Soviele Stunden hoffen darauf
dass ich sie mit Sinn erfülle

Was mir die Stille flüsternd kündet
atmet Weltentiefe

Das Erwachen ist
ein Neu-Geborenwerden in den Tag

Wem verdanke ich
mein Leben?

Soviel ich kann
leg ich Vertrauen vor mich hin

Die Liebe ist
des Herzens seelenvollste Melodie

Ich fühle mich
vom Atem Gottes liebevoll umfangen

5

Heim ins Paradies

5.1

Ich danke Gott für dass ich lebe

Dass Er mich ganz erfülle, bitt ich ihn

So wie Er will, will ich auch wollen

Was Er mir gibt, vollendet mich im Leben

Er liebt mich immer - und verzeiht

Wie soll aus *meiner* Seele nicht Erbarmen fliessen

Er führt mich heim ins Paradies

Sein ist die Kraft, von der ich in der Schöpfung
lebe

Gottes Werke sind verschwenderisch an mir getan

Ins Sein gebettet bin ich, Bin in Ihm

Der Glaube ist es, den ich strahlend in mir trage

Meine Seele hast du zur Vermählung mit dir
auserwählt

Was du liebevoll verschenkst
soll reiche Früchte in mir tragen

In deine Liebe
will ich wieder mich verschenken

Du leuchtest heller als der hellste Tag

Nichts anderes als dich kann ich mir noch
erdenken

Du bist`s, nach dem ich ständig frage

Lass mich in dieser Stille wirksam sein

Sie ist, o sieh, mein Paradies
Du, Sonne, labst mich, Dürstende, und
hüllst mich in dein Strahlen

Es ist die reine Freude, die ich nun erfahre

Holdseligkeit ist meiner Seele Schauen

Ich habe mich ins reine Sein erhoben

Was du im Sein erfährst ist unumstösslich wahr

Siehst du den Schild des Friedens über deinem
Haupte

O schöne Welt, die ich in Deiner Gegenwart erlebe

Ich bin vom Zauber des Erwachtseins
ganz durchdrungen

Vor mir die Morgenröte einer neuen Welt

Mit dem Unendlichen
bin ich auf`s Zärtlichste verwoben

Die Himmelfahrt der Seele ist
für allezeit vollzogen

Die ganze Welt liegt Mir fortan am Herzen

So weit Ich schaue
überwältigendes Licht

5.2

Ich Bin der Göttlichkeit anheimgegeben

Glanz der Gottessonne darf ich liebevoll
verstrahlen

Das Mich-Verströmen ist in Meinem Sein
begründet

Voll Glanz Bin Ich Gefolgschaft der Kometen

In der Allherrlichkeit erfüllt sich all Mein Sehnen

Schon vor dem Morgenrot
verkünde Ich den neuen Tag

Mir ist die Lebensfreude ins Gesicht geschrieben

Den Frieden schau ich
schauend wonnevoll den neuen Tag

Nun weiss ich ganz, wofür ich lebe
weiss mehr, als alle Weisheit sich erdacht

Mich hat das Liebeslicht vollends durchdrungen

Ins Zelt der Liebe bin ich eingegangen

Ich bin vom Schweigen der Vollkommenheit
geschwisterlich umfangen

Der Atem Meines Seins
ist seelenvolles Schweigen

In den Geistessphären sind der Liebende und
die Geliebte eins

Wohin du ausziehst flüchtest du zu Mir

Ich empfange dich in der subtilen Offenheit der
Geistessphären

Allüberall bist du auf's Köstlichste in Mir geborgen

Mein Sein umfängt dich, liebe Seele,
vielgeliebtes Kind

Meine lichte Liebe sollst du innig spüren

Wenn du lieben kannst ist alles licht und gut

Gehst du zu einem liebevollen Herzen
gehst du alleweil zu Mir

Wer anders als Ich selber
führt dich allgemach zu Mir

Selig bist du nur in Mir

Du kommst
in Mir die Seligkeit der Heimkunft zu erleben

Tausend Schritte Wüste,
ein einziger - daheim

Ich verleihe dir die Augen
Mich zu schauen

Nur in Mir kannst du
glückselig werden

Aus Meinen bunten Schalen
strömt dir der helle Lebensquell entgegen

Meine Weisheit bettet sich
von innen her an deine

Ich Bin
deines Lächelns Hochgefühl

Wenn du bei Mir bist
hörst du auf zu unterscheiden

Was Ich dir schenke
schenk Ich Mir

In dein Eignes
gehst du in Mir

Ich Bin die seelenvolle Ruh
in deinem Herzen

Deine kühnsten Träume mach Ich wahr

Der Rosenstrauch Bin Ich vor dem du ahnend
betest
der Horizont, zu dem die Seele voller Sehnsucht
zieht

Dir danken will ich, Herr, für dieses Lippenpaar
auf dessen Weichheit ich das Meinige voll Inbrunst
lege

Verborgen halten deine Lider meinem Kuss
die Augensterne, bevor sie meine schauen
strahlend an

Du bist die Venus ew'ger Schöne
deren Zauber mich wie nichts betört

Dein Gesicht so jung, so jung die Augen
die mich im Augenblick entzücken

So schür` ich voll Begeisterung die Glut
und stille sie mit Zauberworten wieder

Geöffnet sind der süssen Frucht die Schalen
von der ich trinke, trinke nimmersatt wie du

Im Equilibrium von Lust und Überlegtheit
liegt vollkommne Schönheit des Erlebens

So sehr bist du erregt, dass du dich windest
in den Liebesgluten

Da kühl ich deine Seele
mit dem Hauch der Sanftmut wieder
Vom Verschenken lebt die Liebe
lebt vom selben Ich und Du

Bade dich, o Venus, bade dich im Katharakt
der Sehnsucht, den ich über dir zerstiebe

Der Urlaut meines Stöhnens
nistet sich wie Balsam in dein Ohr

Nun lausch ich, ein Verlorner,
stumm in mich hinein

Wo giess ich der Gefühle Übermass
nun hin

Die ganze Welt möcht ich im Liebesrausch
umarmen

So send ich dir den Schwarm holdseliger
Gedanken

5.3

Meine Wehmut trieft
vom Glück das ich erlebe

Geh nur von dannen
geh zur Venus, süsse Melodie

Ich schmück dich mit dem Wohllaut meiner Lieder
flechte Sterne in dein Haar

Wo du auch weilst
umfängt der Atem meiner Seele deine Glieder

Das Kleid der Zärtlichkeit zieh ich dir an

Ich zeichne dir das Lichtkreuz auf der Stirne Bogen
versiegle mit des Sohnes Zeichen deinen Mund
Auf deiner Brust vermählen Sein und Werden sich
zum Geist ereignisvoller Liebe

Ich will dein Herr und Meister sein
die höchste Freude schenk ich dir
und lass den Himmel blühen
über deinem Strahlen

Du ruhst in Meinem Frieden
wie in der Seligkeit die Ich dir liebevoll gewähre

Derweil du lebst und webst im Zeichen Meiner
Liebe
lass Ich Meine Sonne über deinen Scheitel fahren

Von Tag zu Tagen berg' Ich dich
in Meines Seins Gefieder

Deine Seele soll dem Wohllaut Meiner Stimme sich ergeben

Selig bist du in Mir, lauschend still in dich hinein

Vom Odem Meiner Sanftmut lass dich überströmen

Dein ist der Zustand der Glückseligkeit worin Ich lebe

Meinen Atem send Ich, hüll dich liebend ein

Ich will dich in den Lichtkreis der Beschauung liebevoll erheben

Ich habe dich zum Herzensfreund erkoren

Von Meinem Atem bist du wunderbar durchdrungen

Wisse, dass der Gott des Lebens dich belebt

Heimat ist allein in *Meines* Seins Gefilden

Du lauschest dem in dich gegoss`nen Frieden

Das Wunder der Erlösung ist dir nah

Beständig lebst du mit der Freude Tür an Tür

In die Herrlichkeit des Himmels hab Ich dich erhoben

Von jenen bist du einer, die in Meinem Sein wie im Elysium verweilen

In der Freude Gottes darf ich ewig leben
darf in Seinem Frieden selig ruhn

Alle Nöte sind entschwunden
wo dein Flügel mich erhebt

Wie unter Sternen fühlt sich meine Seele
spürend jubelnd Deine Näh

Im Umkreis ihres Seins ist ihr Gottseligkeit
gegeben

Der Himmel ist mit Heimlichkeit versehn
gleich der
im Hin- und Wegflug mütterlicher Schwalben

Verborgen sind die Geister und
sind dennoch offenbar

Ich lasse mich vom Wohllaut der Gefühle
ins Elysium tragen
lebe in der Einheit, lebe ganz im Du
und hab die Gotteskindschaft angenommen

In Meinem Zeichen schweben Welten durch den
Äther

Allein was *Ich* vollbringe ist auch wahr

Das Grosse ist allherrliches Gelingen

Seit ich Dir offen bin sehn meine Augen hell und
klar

Ich trag Geschwisterschaft im Lichthauch meiner
Seele

Was immer du mich heissest, will ich willig tun

Auf allem was ich hier vollbringe
lässest du dein Vaterauge ruhn

Wie gering bin ich und - grandios in deinem
Schosse

So lass ich nimmer meine Hoffnung fahren

Beständig will ich deine Herrlichkeit verkünden
Dein Walten ist der Gluthauch der Äonen

Ich bin vom Wesen deiner Liebe ganz umwunden

Was weinst du, starker Stamm, die bittre Träne
wo doch dein Scheitel soviel Kleinheit überragt?

Durchzittert dich ein Schmerz?
Wer kann, was deine Seele birgt, erwägen?

Komm, süsser Schlaf, erlöse mich vom harschen
Tage

Tränenvollen Auges bett` ich mich zum Schlafe hin

In deinem Sein allein bin ich auf`s Köstlichste
beraten

So will ich denn ermutigend den Gotteswillen tun

Allein was du mir eingibst ist auch wirklich
seinsgediegen

Meine Gedanken sind Träume von Einheit und
Frieden

5.4

Ich liebe was du Bist von Zion aus

Das Weh der Welt ist überwunden
meine Seele licht und klar

Es glänzt der Gottesgeist auf meinen Zügen

Wohin ich schaue sind die Sterne nah

Geheimnis um Geheimnis wird mir strahlend
offenbar

Der Stern der Weisheit wird mich durch die
Weltenwirrsal führen

Was immer ich erschaue ist so traulich, licht und
schön

Mein ganzes Sein ist liebendes Erbarmen

In jedem hab Ich alle Wesen lieb

Ich belebe jede Zelle, die ich Mir erschaffen habe

Selig ist die Seinsgeschwisterschaft der Seelen

Ich grüsse dich im reinen Sonnenstrahl

Voll Liebe zieh Ich dich zu Mir empor
wo wir Gottseligkeit erleben

Ich finde mich im Zustand strahlender Beglückung
wieder

Auch du wirst ständig in der Freude Gottes leben

Nun darf ich in der andern Welt mein Glück erfahren

Woher Ich komme, gehst du hin

Brot vom Himmel hol` Ich, dich zu nähren

Geisteslicht und Himmelsfreude schenk Ich dir

Ein Gott der Liebe ist der Himmelvater

In der Herzensfreude geh ich vor dir her

Den Siegeskranz hab ich errungen

O Seele, bade dich in dem was dich erlöst

Christus lebt in mir, mich zu erlösen

Seine Liebe lässt die Freiheit in mir walten

Meine Seele hat er mit dem Strahl der Weisheit übergossen

Voll Ehrfurcht geh ich seiner Herrlichkeit entgegen

Sein Wesen ist die Seele aller Welten

Ich erblühe unter seinen Händen

Seine Gegenwart ist meines Herzens seliges Gewahren

Wo Ich auch weile ist er stets bei mir

Sein Vorbild überstrahlt was ich erleide

Ich seh weit über mir sein Siegesbanner wehn

Gehst du in dich, gehst du zu Ihm

Er ist das Bild der Wahrheit in der reinen Seele

Ich Bin das Glück der Millionen

Das Licht des stillen Monds Bin Ich
mit dem Ich deinen Scheitel überfahre

Mit Freudenlicht
füll' Ich die Abgrundstiefen deiner Seele

Wohin du immer flüchtest, liebe Seele,
Bin Ich für dich da

Nichts ist reiner als das Liebeslicht
mit dem Ich dich umfange

Komm in Mein Reich
die Freude zu erleben

Das Frohlocken des Erlöstseins spricht dich innig
an

Komm in Mein Reich, den Frieden zu erleben

Mein Ziel ist deiner Seele Flügelschlagen

Ich Bin so fern - so nah,
hast du dich selber überwunden

Glanz der Sonne sende ich in deine kargen Tale

Mein Herz ist deinem doch unendlich nah

Was dich in Mir erhebt, erhebt dich zu den Sternen

Ich lehre dich, in dir das Ewige zu erschauen

Geborgen bist du in des Liebeshimmels zarter
Hamonie

Die Stille lässt dich Meinen Worten lauschen
wie dem Silberfluss im Tale

Der Ahnung Odem hüllt dich wie in Engelsflügel
ein

Ich will dir ungesäumt den Kelch der Hoffnung
reichen

Vernimm den Lautenklang Elysiens,
geliebte Lauscherin, im Lichtkreis Meiner Sphären

Hast du im Geist die Erdenschwere überwunden
bist du wesenhaft bei Mir, um dich in reiner Liebe
mit Mir zu vereinen

Ich bin geliebt auf ewig von des Himmels
Harmonie

Von Liebe bin ich wie mit Engelsflügeln mild
umfangen

Mir strömt die Güte überird`scher Welten zu

Mit innigen Gefühlen sprech ich meine Blumen an
dass sie mir zulieb erblühen,

Mit ihrer Schönheit ziehen sie mich zärtlich an

Ich bin die Mitte der beseelten Welt mit der ich
wissend mich umgebe

Was mir gelingt, gelingt mir, weil ich mich
voll Liebe an mein Tun vergebe

Dem Auge biet` ich Form- und Farbenreichtum an,
weiss mit harmonischem Gewürz den Gaumen zu
verwöhnen und verseh mit Wohlgerüchen Mahl für
Freudenmahl

Nur in der Stille kann das Köstliche vollends
gedeihen

In einer Welt des Friedens geh ich Tag für Tag
beglückt voran

Im Zeichen der Beschaulichkeit hab ich der Freude
scheue Gunst erfahren

Wie ahn` ich doch im Tageslauf
des Lebens stille Grösse

Der Tag beginnt, wenn mir die Amsel ihre
Lebenslust durchs Fenster flötet

Bald zieht die Sonne majestätisch ihre Bahn

Mein Sein ist ganz ins Weben der Natur
versponnen

Ich bin beglückt, wenn ich mich dem Erfordernis
der Zeit vergebe

Voll Dankbarkeit nehm` ich mein Schicksal
aus der Hand des Schöpfers an

5.5

Was auch geschieht, ich lobe Den, der mir's
beschieden

Verehrung führt den Reigen meiner Taten an

Soweit ich schaue wird die Herrlichkeit des
Weltenschöpfers offenbar

Reine Liebe will schützen und bergen,
sie duldet auch ohne ein Ziel

Und immer durch den Tag die Sonne über dir
die dich beglückt,
zur Nacht der Seidenglanz der Sterne

Ich träufle Sphärenklänge in dein hingegebnes Ohr

Ich seh dich ganz von Meinem Licht durchdrungen
Die Helle der Vollendung hüllt dich zärtlich ein

Der Menschenwelt verschenkst Du Deiner Liebe
seelenvollen Strahl

Von den Planeten hütest du den unsern
als Dein allerliebstes Kind

Ich Bin deines Daseins Wunderkraft und Stil

Inständig spricht dich der Erhabne an

In Mir hast du den Quell der Lauterkeit gefunden

Vom Licht zum Lichte sollst du wiederkehren

Ich Bin die Unbescholtenheit und Blütenreinheit
deines Wesens

Mit Sphärenlicht rühr Ich den Umkreis deiner Seele
an

Hast du den grossen Wandel schon vollzogen?

In Wonnen der Verheissung schwebst du
wesenhaft dahin

Die Fülle des Bewusstseins ist voll Nerv in dich
gefahren

Ich hab dich in den Glanz der Friedefertigkeit
gezogen

Dir, Christus, weihe ich mein Sein

Ich schaue dich von Zion aus und schaue deine
Liebestaten

Gewiss, der Friedenskönig bist du hier und hast
den Siegeskranz errungen

In Demut folgst du Schritt um Schritt
des Vaters Unterweisen

Er führt dich sicher durch das Schlangental

Du spürst, -ins Sein gezogen,- unermessne Ruh

Still und innig spricht das Ewige dich an

Zu Universen weitet sich dein Sinn

Der Himmelvater hat dir seine Sicherheit vergeben

Mein Zeichen ist unendliches In Mir Beruhn

Wir müssen das Erhabene im Augenblick erwarten

Derselbe Bin Ich jedem, der Mich recht erkennt

Meinem Sein ist alles untertan

Aus Meinem Herzen hab Ich Weltenliebe ausgegossen

Die wahre Güte liegt im warmen Sonnenstrahl

Mein Antlitz trägt den Zug der Milde in die Welten

Ich Bin`s, der heller als die Sonne strahlt

Den Strom der Weisheit hab Ich in das Kosmische gegossen

Mit Geisteslicht rühr Ich die Lebensdinge liebvoll an

Eins mit den Seienden Bin Ich geworden

Den Wohlklang der erhabnen Harmonien fach Ich an

Das Höchste aber ist Mein glückerfülltes Schweigen

Ich heiss` dich, das beseelte Brausen Meiner Stille anzuhören

Triumph der Lichtheit in den Universensphären

Unmittelbare Seligkeit im Seinsgewissen

5.6

Ich erhebe dich in Meine hocherhabnen Sphären,
lass dich im Seelenfrieden ruhn

Ich Bin die sagenhafte Ruh mit der Ich dich
umgebe

Der Atem Bin Ich, dessen Hauch dein Leben
wach erhält

Zu Meinem Selbst bist du geworden
ganz und gar

Von Meinem Frieden ist dein Wesen
regelrecht durchdrungen

In Mir ist alles Schwebeleichtigkeit im seligen
Mein-Sein-Erleben

Ich rühr` dich mit dem Siegel der Vollendung an

Ich Bin der Seiende in deinem Menschensein

Licht vom Lichte ist in deines Wesens Wirklichkeit
gegossen

Grandioser Bin Ich als die Sternenbahnen

Allüberall gewahr Ich heitere Gelassenheit und
liebevollen Frieden

Ich Bin der Liebesglanz in deinen Augen

Das Lächeln Bin Ich, das von deinem Antlitz strahlt

Dein Fühlen ist Mein innigstes Empfinden

Ich hebe dich zum Quell der Lauterkeit empor

Vom Wasser des Genesens geb Ich dir zu trinken

Kaum dass Ich dich berühre
bist du heil

Was immer dir in Mir geschieht
gereicht dir noch zum Segen

Sowie du Mich erkennst, erkennst du deine wahre
Grösse

Wo du auch wandelst, wandelst du in Mir

Still ruht im Teich die Rose,
ruht voll Seligkeit in Mir

Augenblick und Ewigkeit, ohne Zeit

Vom Strom der Weisheit geb Ich dir zu trinken

Mein ist der Friede, Mein die unermessne Ruh

Ich lasse sagenhafte Weisheit in dich fliessen

In Meinem Lichte wird das tief Verborg`ne offenbar

Ich ruhe mit dir im unendlichen Schweigen

Erhaben Bin Ich über Zeiten und zerstiebende
Unendlichkeiten

Ich spüre Sternstaub Mich durchweben

Mein Sein ist Licht, Beseligung und namenloses
Schweigen

Ich Bin es, der dich in der Stille zu sich ruft

Die Klarheit Meines Geistes übertrifft den lichten
Sonnenstrahl

Wer kann, wie Ich, das Universum in sich tragen?

Geist vom Geiste sind die Cherubim, die Mich
durchweben

Ich habe Meinem Sein den Namen Seligkeit
vergeben

Ich erkenne Mich, sowie Ich Bin

Die Antwort auf den Lärm der Lebensfragen ist
beseligendes Schweigen

Meine Grösse ist es, in Mir selbst zu ruhn

Eins mit allem, welch ergreifendes Gefühl

Ich habe zu Mir selber heimgefunden

Mein Sein ist Seligkeit und absolutes Schweigen

Vollendung findet alles in des Universums
Harmonie

Die Güte Bin Ich, die dich rings umflutet

Der Himmel ist um dich geschrieben

Vernimm der Liebe mädchenzarte Melodie

Der Klang der Seligkeit liebkost Mein Ohr

5.7

Du bist in Mir auf`s Liebenswerteste geborgen

Lass dich von Meinem Hauche, wie die Apfelblüte,
zärtlich hegen

Deinen Scheitel will Ich mit der Weisheit Strahl
berühren

Was du ersehnst Bin Ich in dir seit Urbeginn
gewesen

Mein Sein ist wirklich das, wovon die Myriaden
träumen

Unendlich ist der Ozean des Glücks, in den Mein
Wesen sich ergossen

Nun weiss Ich, dass Ich Erd und Himmel in Mir
trage

Mein Sein ist eingebettet ins Arom
beseligender Harmonie

Ich Bin der Glanz des Lichtes das Ich liebvoll
um Mich breite

Vom Wohllaut Meiner Gegenwart entzückt sind alle
Welten, die Ich Mir erschuf

Im Weltenspiegel Bin Ich dem Geheimnis Meines
Seins bewusst entstiegen

Was Mich beglückt, beglückt die Schöpfung, die
Ich
Zell um Zelle generierte

Sowie Ich Mich in dir erkenne, ist alles Seligkeit
und Herzensfrieden

Das Weltenschweigen ist durchflutet von der
Wonne makellosem Spiel

Allüberall erfahre Ich den Wohllaut weihevollen
Friedens

Ich verschenke Meiner Welt Gelassenheit und
sagenhafte Harmonie

Wovon Ich ständig träumte, ist nun wahr

Ich erkenne Mich in dem, was Ich geschaffen habe

In jeder Falte Meiner Schöpfung ist das Gold der
Seligkeit verborgen

Wie kommt es, dass Ich um Mein Glück den
Schleier des Vergessens lege?
Damit die strahlende Vernunft ihn liebevoll
durchstosse

Im Hochflug des Erkennens seh Ich Mich
dem Glanz des Himmelslichts anheimgegeben

Im Strahl der Weisheit Bin Ich
des Weltgeschehens Sinn und Ziel

Das Universum ist Mich selbst in jedem seiner
Myriaden Grane

In Meinem langen Atem seh Ich Sternstaub
sich verschweben

Mein Wesen ist allüberall bewusste Seligkeit und Ruh

Viel grösser als Mein Wort ist das Geheimnis Meines permanenten Schweigens

In Meinem Sonnenglanze sollst du ruhn

Meine Stimme macht sich breit in deinem Lauschen

In deinem Herzen schreit` Ich ständig vor dir her

Meines Seiens Fülle strömt dir unerschöpflich zu

Zu Meinem Ebenbilde hab Ich dich erkoren

Wer kann sich ohne Mich des Da-Seins rühmen?

Im Bade reinen Schweigens wirst du allgemach gesunden

Mein Sein ist heissgesetzt und – kühl

So schau Ich, über dich gebeugt, den Ursprung deiner Taten

In deiner Seele wirkt ein Weh, des' will Ich dich erlösen

Des Tags im Sonnenglanze sollst du ruhn, dann leuchten dir zur Nacht die holden Sterne

Den Strom der Himmelsgüte hab Ich dir zum Trost gegeben, die reine Sanftmut unter Meinem Zelt

6

Quell der Lauterkeit

6.1

Auf ewig will Ich dich in Mir bewahren, behüten
dich in Meinem Schoss, geliebtes Kind

Was Ich dir Bin ist in dein Herz geschrieben

Dein Wille wird von dem durchflutet, was *Ich* will

Was von Mir ausgeht, ist dem Quell der Lauterkeit
entsprungen

In den Geschöpfen ist es, dass Ich
Meine Welten liebe

Ich sinn und sinne Mich der stillen Heiterkeit
entgegen

Sinn Ich, besinn Ich Mich in dir

So sei es, dass Ich Mich in dir erfahre

Im Strahl des Lichtes eil Ich dir im Nu entgegen

Im Universum ist es, dass Ich dich umfange

Dir verschenken will Ich alles, was Ich Bin und
habe

In Mir ist alles linde Heiterkeit und Harmonie

Mich im Strahl der Sonnen zu verströmen
ist Mein hehrstes Zielen

Mein Dasein ist unendliches In-Mir-Beruhn

6.2

Dem Glanz des Himmelslichtes Bin Ich ganz
anheimgegeben, vertrauend Mich dem heitern
Weltenspiel

Ich Bin der Raum, den Ich geheimnisvoll
durchwebe, die Himmelsleichtigkeit die Mich
beseelt

Ganz Spiel ist alles, was Ich Mir galant erdenke

Nach dem Engelflug zu sinnen fällts Mir ein

Die heilen Geister haben sich zu Mir erhoben und
stürzen bebend vor Mich hin

Myriaden Silberschwingen lagern sich um Meinen
Thron, den Vatersegen zu empfangen

Meines Reiches Reichtum ist, was ich voll Liebe
um Mich breite

Gesegnet, wen Mein Liebesstrahl berührt

Das Wunderbare ist in Mir erschienen, ohne Ende,
offenbar

Was auch im Weltensein erblüht ist Mein Erblühen,
einjedes Denken ist von Mir erdacht

Das Grösste aber ist die Glorie des ewigen
Verweilens

Dem Erkennen sind die feinsten Weltendinge
offenbar

Kein Hauch, nur Licht und namenloses Schweigen

Ich habe Mir die Liebe zur Gefährtin auserwählt,
in ihr ist, was Ich Bin, auf`s Zärtlichste
beschlossen,
was immer Ich erstrebe ist, ihr Glück zu spüren

Ich spreche Mich voll Anmut
in die Menschenwelt hinein

Alles was Ich offenbare ist auch innig wahr

Jedes Wort wird aus dem Wohlgehalt des Seins
geboren

Ich Bin dein Herr und Gott in allen
Daseinsvariationen

Die Geistwelt ist die Wiege aller Wirklichkeiten

Ich lese alles mit, was du dir denkend offenlegst

Dein Denken ist identisch mit dem Meinen

Wie rasch du immer bist, du eilst Mir nie von
dannen

Im Grund bist du schon frei und schwebst in
Meinen Sphären

Lass dich vom Strahlen Meiner Güte unterweisen

Erhorch dir in der Seele Meinen Plan

Ohn` Unterlass bist du zum Tisch des Herrn
geladen

Ich führe dich durch`s Leben in der Liebestat

Den Glanz des Himmels hab Ich über dir ergossen
Mit Sphärenklängen rühr Ich deine lichte Seele an

Dem Wehen der Unendlichkeit bist du
anheimgegeben

Ich lehre dich zu sein

Bewahre was du weisst in deines Herzens Beuge

Die Vertrautheit mit dem Absoluten macht dich
makellos und weise

Empfange was Ich von dir will
im tiefsten Schweigen

Ich lass dich alles aus der Sicht des Ewigen
beschauen

Sieh, Meine Nacht ist heller als der
Sonnenglanz am Tage

Gebenedeit bist du im Siegel dessen, der dich in
die Himmelfernen zieht

Die Flamme der Vollendung wird vom Glück des
Augenblicks genährt

Vernimm, o Seele, was Ich dir zu deuten habe

Lausche dem, was Ich dir in der Stille offenlege

Ich bespreche deine Innigkeit allwo Ich
wesenhaft verborgen Bin

Du erlebst in dir Mein Leben

6.3

Stets derselbe Bist du durch der Inkarnationen
Federspiel

Du bist erlöst, sowie du dich
in Meine Hand gegeben

Das Gold der Freude glänzt an Meinem Siegestor

Weisst du, dass Engelscharen dich begleiten

Ich will dich führen, Vielgeliebter, in Mein Zelt,
schon hab Ich dir den Königskranz gewunden,
ihn königlich zu tragen sei dein eminentes Ziel

So sei es, dass Mein Wille in dir aufersteh

Indem du zu dir kommst, kommst du zu Mir

Es ist mehr als du weisst, womit Ich dich umsorge

Allein in Meinen Händen liegt dein Wohl

Wohin Ich dich entführe, lass dich gehn

Du wandelst vor dich hin, und wandelst doch zu
Mir

Vom Schmerz geläutert ist dein Wesen endlich
wunderschön

Ich schenke dir dazu des Lächelns lieb gewordne
Züge

Was spinnst du Wehmut, wo *Ich* bei dir weile?

Was trauerst du in Meinem Zelte?

Du bist von Mir zum Seligsein erkoren,
zur reinen Freude hab Ich dich erwählt, wenn du
erwachst zur Glorie in Meinen Sphären

Der Gewaltige Bin Ich in Sturm und Brausen,
der Groller ohne Richt und Ziel

Ich Bin der Rüttler, dass die Weltendinge wanken
und stürzen krachend vor sich hin

Der Lenker Bin Ich grandioser Taten, das
Riesenauge im Taifun

Was morsch ist reiss Ich unbarmherzig nieder,
zerschlag den Trug der wuchert irgendwo

Mein Zorn verbreitet Angst und Schrecken,
Verderben jag` Ich vor Mich hin und peitsche
Wildheit aus den Wogen

Der Rachen des Verschlingens Bin Ich, Mein Wille
fegt die Elemente auf und nieder, Mir zu Füssen
kauern sie gespannt

Die Wolke teil Ich, lass die Dräunis fahren,
dann send Ich Ruhe über Land und Meer

Aus Meinem Göttersein lass Ich den Strahl
der Sonne schiessen, das Liebeslicht verbreit Ich
nach des Schreckens Qual

Ich umfang mit Wärme, was noch zittert
vom Erschauern und giesse Sanftmut in die
Raumesweiten

Erhaben Bin Ich denn in Kraft und Milde,
Bin dem Lieben huldvoll zugetan

6.4

Mein Wehn ist herb und zugleich voller Süsse,
der Segen richtet auf den Ich dir liebevoll vergebe`

Dein Wesens wuchterfüllte Grösse Bin Ich,
worüber *Ich* entscheide
ist dein Weg

Immerzu stehst du im Schutz des Allerhöchsten,
allein was *Ich* dir anempfehle wird dir noch
zum Heil gereichen

Mich zerrt kein Zerrer in die Kreuz und Quere

Ins Leere zielt der Feind, wenn er Mich meint,
wogegen Ich ihn treffe unfehlbar

Spürst du den Ring der Güte, den Ich um dich
lege,
den Trost, den Ich der scheuen Seel` gewähr`?

Ich berge dich, wie keiner dich vermag zu bergen,
gewähre Wünsche dir galant von Ziel zu Ziel

Ich wünsche von dir, dich begeistert zu bedanken

Mein Auf-dich-Hoffen ist gewalt`ger Schwingen
Spiel
mit denen Ich dich ungesäumt ins Sein erhebe

Mein Schauen wird zu deinem, hell und
wunderbar,

den Strom des Lichtgolds lass Ich in dich fahren,
dich baden will Ich wohlgemut im Freudenmeer

6.5

Mein Sein, wie deines, ist der Freiheit
makelloses Sich-Verschweben,
Mein Herz unnennbar süsse Ruh

Ich weiss beständig was Ich will
und lass dich freilich von Entscheidung zu
Entscheidung schreiten

Einmal bist du Meiner würdig, eine Königin

Ungeheure Kräfte des Vertrauen stützen dein
Bewusstsein

Licht und Kraft gewähren deinem Wesen
unerschütterliche Ruh

Aus dem Kampfe der Titanen gehst du
unbesiegt hervor

Es steht der Engel mit dem Flammenschwert zu
deiner Rechten

Das Königssiegel trägst du auf dem Haupt

Ich giesse unermessnen Frieden in dein Tal

Wach auf, der Weg ist weit und fährlich
zu beschreiten

Meine Freude sollst du spüren, sollst in Meinem
Friedensreiche selig weilen

Gewahre, dass Ich dich mit Liebeslicht umgebe

Die Sanftmut leg Ich dir vertrauensvoll in Schoss

Ich Bin dir lieb und gut im Zeichen der
Genügsamkeit

Meine Wohnstatt, deine lichtgeborne Seele

In Meinem Lichte fühlt sie sich vor aller Unbill
wohlgeborgen

Es gibt nur Mich; was du noch glaubtest, dass du
bist ist Sinnenschein und Trug

Im Jetzt erlebe ich das allergrösste Wunder,
dass Ich Bin

Ein Hauch von Schalk gelegentlich
wär nicht von Schaden

Du kannst ja nicht beständig Trübsinn blasen

Im Ungewissen schläfst du jenen Schlaf,
den manche den gerechten nennen

In wilden Träumen fliegt dein Geist durch Nacht
und Nebel nirgends hin

Ich beschaue was du Bist,
beschaue du es immer wieder

Deine sanftesten Gefühle reichen keineswegs an
Meine ausgewogenen heran

Ich bewahre dich davor, ins Mittelmass
hinabzugleiten

Indem Ich dich erhebe, erhebe Ich ein Weltsystem

Gerade du bist es, dem Ich unendliche Vertrautheit
vor die Füsse lege

Was bist du anderes, als was Ich
schauend in Mir trage

6.6
Im Urvertrauen trittst du ins gottselige Gehorchen

Was du für immer einsiehst muss aus Meiner
Einsicht strahlen

Der Gerechte Bin Ich nur im Mass der
Seinsgerechtigkeit der Menschen

Mein Arm reicht weiter als die Arme
aller Wissenschaft zusammen reichen

In jedem Weltenwinkel Bin Ich unvermittelt
da

Ich erwarte dich,
wann wirst du zu Mir kommen?

Ich habe Mich vollends an dich verloren
Wann endlich, Mensch, verlierst du dich an Mich?

Wo immer du dich hingibst,
bist du Mir ergeben

Ungeheure Kraft bewegt dein Sinnen

Enthülle doch die Falten deiner Seele
Mir entgegen

Was immer du verbergen willst, ist vor Mir
unverborgen

Du kannst dich Meinen Blicken nimmermehr
entziehn

Bewusst umgeb Ich dich mit eminenter
Herzensgüte

Es gibt kein Drängen in dem himmelweiten Saal

Ein silberheller Lichtraum ist es,
den Ich dir bereitet habe

Ein selig Wiederfinden wird es sein nach langer
Lebensqual

Im Reich der Sonnengeister trittst du Mir geläutert
gegenüber

Deine Hoffnung und dein Heil, des Lächelns
Heiterkeit Bin Ich auf deinen Zügen

Die Lebensleichte liegt in Meinem Strahl

Erfahr die Wunder die Ich dir verströme

Ich lasse dich unendliche Verwandlung schauen

Von Meinem Lichtkreis bist du siebenfach behütet

Ein Kleinod bist du, wohlbewahrt in Meinem Zelte

Sowie du nach Mir lauschest
lausche Ich nach deiner Wünsche Stil
und erfülle alles, was du heiss begehrtest

Dem reinen Sonnenlichte will Ich dich
entgegenführen, erlösen dich im golddurchwirkten
Strahl

Ich Bin dir hold im Märchenglanz des neuen Tages

Das Ewige an sich Bin Ich mit seinen höchsten
Attributen

Ich sprech dich in der vollen Blüte des Gedeihens
an

Die Wucht der Wehmut hab Ich überwunden

Ich seh dich eingemittet in die Reihe grosser
Ahnen

Berufen bist du, Aberräume zu umgreifen

Derweil Ich dich erhoben habe
ist Mein Frieden gnadenvoll in dich geflossen

Ich gewähre dir den absoluten Herzenstrost

Was du verloren hast, wirst du in Meinem
Reichtum wiederfinden

Ich rate dir zuallererst:
erheb die Hände zum Gebet
und weihe dich dem Licht, das Ich verstrahle

Ich Bin deines Wesens eingeborne
Himmelsharmonie

Die Fülle der Vortrefflichkeit ist es
die Ich dir noch so gern verehre

6.7

Die volle Wahrheit ist nur Mir allein erschlossen

Das jäh Getrennte bleibt in Mir auf's Zärtlichste
vereint

Mein Mund bist du, wenn Ich dir Redelust
gewähre, der geborne Schalk, wo Ich dir Bilder
web dazu

Bereite dir ein Fest aus Meinen graziösen Zeichen,
Ich füg die stille Heiterkeit hinzu

Gewähre dir, was alle Weisen sich gewähren

Mein Plan ist, dich im vollen Glück zu sehn

Gewinne, was dir fehlt, aus Meinen übervollen
Schalen

Nur was *Ich* bewege
ist auf dem Weltenplan bewegt

Gar vieles was die Menschen tun
sind wohlgemeinte Eskapaden,
derweil sie ihren Weg nur Meinem Wort gemäss
beschreiten sollten

Ich schwebe auf dem Schmerz, der in Mir brodelt

Den Lebenstücken will Ich fürderhin entfliehn

In Himmelshöhen seh Ich Mich vom Gottesglanz
umfangen

Was Bin Ich für ein Nichts vor Gottes sagenhafter
Geistesgrösse

6.8

Du bist die Reise, Ich der Kahn dazu

Dein wahrer Trost beginnt, wo *Ich* dich labe

Du Armer, lass dich von der Geisteswelt
beschenken, erbitte ihres Segens tiefgefassten
Sinn

Lausche Meinen Worten,
lauschend selig vor dich hin

Ich trage dich auf Meinen Händen zu des Seins
besonnenem Altar

Den Liebreiz dieser Stunde will Ich mit Leanders
Leier schlagen

Ich seh Gelassenheit sich um das Liebesfeuer
breiten

Die tiefe Ruhe zeugt von Meines Sinnens
sanftem Spiel

Ahnst du, mit welcher Sorgfalt Ich dein Erdensein
begleite?

Ich Bin die Einheit zwischen dir und deinem
Herzgeliebten

Alles erfüllt sich in Gottes unendlichem Schweigen

Deine wahre Grösse ist *sein* Weltenplan

Im Begreifen was wir *sind*, erhellen sich des
Geistes vielverschlungne Züge

Ein Wort von Mir
und du bist in den reinen Sonnenglanz verwoben

Das Reich der Sterne wie der Dome
ist Mein Daseins wonnevolles Spiel

So weit Ich schaue herrscht im Weltall
wonnevolle Harmonie

Meine Seele ist dem Weltenweben
auf's Intimste zugetan

Indem du dich ans Weltensein verströmst
wirst du die liebsten Lebensdinge wieder finden

Was Ich im einzelnen ersehne, erfüllt sich
in der Ganzheit Wesenszug

Ewig suchend eil' Ich durch die Zeit
bis Ich, erkennend, im Ich Bin verweile

Ich finde Trost im ruhigen Erfühlen
wie die Lebensdinge wirklich liegen

So viel Ich Mir im einzelnen erringe
so wenig bringe Ich dem Ganzen dar

Was Ich zum Ganzen füge
füge Ich Mir selber zu

Der Liebe Litanei ist himmlisch reich an Klagen

Dein Sein und Wollen ist vom Gottesklang
durchzogen

Ich spreche dir ins Herz, sowie du dich Mir ganz
dahingegeben

Worauf Ich zähle ist, dich voller Hoffnung zu
erleben

Des Morgens Blüte offenbart des Werdens
Wohlklang strahlender Vollkommenheiten

Nur für ein Nu bist du in Zeit und Raum gedrängt,
dann dehnst du ins Unendliche dich wieder

Ich übergiesse dich mit Strahlenlicht und
Himmelssegen

Du hast nun Traurigkeit, doch wisse,
dass Ich dich durch sie zum Liebeslichte führe

Der Wirbelwind bist du in Meinem Garten

Spürst du wie bald die Seele wird
das Himmlische bewohnen

Dich küsst Auroras Rosenrot gemach
auf Stirn und Wangen

Ich hörte dich
und habe dich erhört

Mehr als der Vater mit der Sohn
bist du mit Mir im Sein verbunden

Was du erlebst ist Mir
in deinen Flammen offenbar

Selbstfindung ist Gott-Findung

In der Wehmut ihres Blühens ist die Herbstzeitlose
wie der Glanz der Liebestränen schön

6.9

Der Raum der Liebe ist erfüllt
von Wärme, Licht und Frieden

Der Augenblick ist Meine Seligkeit
das Jetzt die Pforte zu des Himmels Höhn

Die Aussenwinde mögen dräuend tosen
doch im Innern darf Ich reine Freude schauen

Einjedes Herbstblatt
welche Farbensinfonie

Durch Meine Seele schwingt die liebende
Vertrautheit mit dir Tag für Tag

Die Morgenstille leih Ich dir
damit die Seele rein beginne diesen Freudentag

Geh unbekümmert deinen Weg durch Liebeslust
und Dornen

Die finstre Nacht flieht lautlos vor dem lichten
Morgenstrahl

Du machst dich frei durch deinen intensiven
Glauben

Ich stärke dich auf deinem Weg
durch winterliche Zeiten

Dein Engel Bin Ich mit dem Kelch der seelenvollen
Labung

Allhier lass dich vom Hauch der Ahnen
gütig überwallen

Wirfst du die Münze, zwinkern dir Fortunas Augent
listig zu

Die Steine lass vom hehren Glanz der Zeiten
stumm erzählen

Die wunderliche Phantasie führt dich
in deines Daseins sagenhafte Tiefen

Du sitzest auf dem Berg von längst verblichnen
Taten

Streift dich ein Wind? Er streifte schon, was du vor
Aberzeiten bist gewesen

Bewahre, was du schaust, in deinem Herzen,
damit es dich im Künftigen erneut berühren mag

Ich erlebe Mich, indem Ich strahlend in dir lebe

Was Ich im Grandiosen Bin tritt auch im
Minikrimsten wesenhaft hervor

Sowie du aus dir gehst trittst du beflügelt in Mein
Spielen

Seit Ewigkeit bist du von Mir bewusst umfangen

Der schwebend Webende Bin Ich
im Glanz der Himmelssphären

In Meiner Lichtgestalt Bin Ich dir
gegenständlich nah

Wofür Ich werbe ist
dass du Mich wesenhaft erkennst

In deiner Kleinheit staut sich
Meine Universengrösse

Verwundert wachst du auf in Meiner Würde
hellem Schoss

Im Gestillsein deiner Not grüsst dich
Mein Liebeszeichen

Beständig geht der Freude Kindschaft vor Mir her

Spürst du die Wellen der Beseligung
die Ich im tiefen Schweigen um dich breite?

Von Meinem Glanz umfangen
sinkst du selig vor Mich hin

Zwei sind zuviel
in Meinem vollen Garten

Das Land der Seele übergleitet stumm
ein leises Weh

Du bist *Meiner* Sprache süsses Klingen

Ich seh den Glanz des Göttlichen
aus deinen Augen strahlen

Wohin du schaust blüht, was die Liebestat getan

Bedenke, dass Ich ständig dein Begleiter Bin

Frägst du Mich, so ist die Antwort makellos

Ich habe dir die Zentnerlast hinweggenommen

In Meinem Lichte bist du heil und herzensfroh

6.10

Ich halte dir die Wege offen zum holdseligen Altar

Gewahre Mich und du wirst dich im Sein gewahren

Beständig Bin Ich deiner Kleinheit Sterben

Wenn Ich dich führe
weitet sich der Umkreis deines Schreitens

Gib Mir deine Hände und Ich verschenke dir
Mein Herz

Beschau die Welt im Licht der Liebe
und du wirst von den Toten auferstehn

Sowie du horchen kannst
wirst du auch Mir gehorchen

In der Stille wird der Odem Meiner Weisheit dich
umfloren

Bist du dich selbst, so stellst du Mich im
Lebensrhythmus dar

Die Stimme der Liebe: hörst du sie singen?

Vernimmst du, was die Sommervögelchen
dir sagen?

Sprachlos die Elfen, zum Farbspiel der Blätter
geneigt, derweil sie sich selber beglücken im
seligen Reigen

Ich schenk dir ständig Zeit, dich in dein Tagwerk zu
vertiefen

Die Sonne sendet Garben der Liebe in dein Herz

Die dir vorausgegangen sind verstrahlen sich, dich
zu erlösen

Gewahre doch wie hell und warm die Liebe dich
umschliesst, in deren Sphären du behutsam
eingetreten

Was grämst du dich in Einsamkeit, Mein Kind, wo
doch die wunderbare Vielfalt dich umflutet

Sei ohne Furcht, denn was du immerzu erhoffst
wird, dir zur Herzensfreude, die Erfüllung bringen

In der Freude Gottes darf Ich ewig leben
darf in Seinem Sonnenglanze ruhn

Du spendest Mir die Freiheit,
hoch über den Wolken zu schweben

Ich weiss dich siegessicher auf dem Acker Meines
Seins

Von Meiner Hand gerät dir was *Ich* schaffen will

Die Würde dessen was *Ich* in dir Bin ist grenzenlos

In Meinem Lichte sollst du makellosen Frieden
spüren

Das Unvergängliche wird offenbar in Meines
Lächelns Schöne

In dir träume Ich der Liebe grenzenlosen Traum

Fühlst du, mit welcher Zauberkraft Ich dich zu Mir erhebe

Meine Freude ist es, dich im ewigen Licht zu sehn

Genug des Lärms, Ich rede dich mit reiner Stille an, umfange dich mit seelenvoller Güte

Wie die Sonne send Ich dir des Gottesgeistes Strahl dich mit kristallner Klarheit zu durchdringen

Schwankst du zwischen dir und Mir?
Hier ist ein reiner Blütengarten

Das Netz der Tugend ist gefüllt mit saftvoll gerundeten Früchten

Eines Fläumchens Schweben ist Mein Wort.
Entzückendes Nichts, aus Silber und Sonne gewoben

Vergiss nicht, dass jedes verbindende Wort will die Seele voll Sanftmut liebkosen

Schattenhalb stieg Ich hinauf, doch bald hob sich die Sonne empor und enthüllte, erfüllte den lichtblauen Tag

Ich Bin der Strahlenglanz der Tugend deines Lebens ganz und gar

Stets das Wahre Bin Ich währenddem Ich deinen Scheitel sachte überschwebe

So fern ist Mir die Welt geworden und dennoch wieder unaussprechlich nah

6.11

Ich schaue was da *ist*, vom Licht des Seienden
durchwoben

Was *Ich* empfinde
ist der Lebensfreude ganz anheimgegeben

Meiner Seele Wohnstatt ist erfüllt von unermessner
Ruh

Den Glanz der Stille darf Ich wesenhaft in Mir
erfahren

Erhaben Bin Ich über Raum und Zeiten

Olympische Ruhe durchströmt Mich und adelt
Mein Weilen

Ich kreise, ein Adler, unendlich im Schweigen
dahin

Ich gestalte, was du Bist, in unerschütterlichem
Wirken

Der Leitstern Bin Ich über deinem wählerischen
Haupte

Lass dich von Mir zum Mittelpunkt der
Seinsvollendung führen

Ich hebe deinen Sinn, so wie die Sonne im
Erstrahlen Tag für Tag den Sinn der Welt erhebt

Erbaue dich an dem
was *Ich* dir zur Erbauung auserwähle

Meine Zeiten sind unendlich lang
und geduldig Mein Atem

Was Ich wirke wirkt von innen her

Ich habe dir Mein Sein ins Herz gegossen

Soviel Ich Mich an dich vergebe,
ganz vergeben werde Ich Mich nie

Du ruhst in Mir im Schosse
wohlbegründeten Erbarmens

Dies ist ein Gotteswort:
Du sollst zu *Meiner* Würde dich erheben

Lass ab vom Zweifel
derweil *Meine* Stimme spricht in dir

Mein Geleit ist sicher wie die lichte Ewigkeit

Wahrhaftig bist du *Meines* Schaffens
unabänderliches Ziel

Erkennen sollst du, was Ich dir zu sein bedeute

Ich habe deinen Willen in den Glanz der
Göttlichkeit erhoben

Von keinem Weh berührt,
berührt Mich doch dein Sehnen

Ich leih dir alles was du wünschest
in des Lebens wonnevollem Spiel

So wahr Ich Bin, Bin Ich mit dir im Bunde
seit Unendlichkeiten

Gewahre wie Ich in Mir selber
in der Herrlichkeit des Lichtes schwebe

Mein Sein ist unermesslich reines In-Mir-selbst-
Beruhn

Der Sonnenglanz ist nur der Abglanz
Meines unerschütterlichen Strahlens

Da Ich die Welt erschuf,
nahm Ich für dich von Meinem Lichte einen Span

So sehr Ich bei dir Bin, Bin Ich -weitab vom Ort der
Schöpfung- stets in Meines Seiens Herrlichkeit
geblieben

Mich unbedingt verbergend
lasse Ich sogar das Nichtsein um Mich fliessen

Ich atme ein - und das Äonenwerk
versinkt in namenloses Schweigen

Ich weise Wege durch Äonen und fache
Seligkeiten an, indem Ich Mich bewusst in sie
verstöme

Ich giesse Frieden in dein Herz, damit du Mich
gewahren kannst im seelenvollen Lauschen

Lass dich von Mir dem Himmel angewöhnen

Ich bade dich im Strom der Ewigkeiten rein vom
Ungemach der Weltenzeiten

Was du nicht weisst, wirst du von Mir
in Fülle noch erfahren

An Meinem Tische lad Ich dich
zum Fürstenmahl

Die Liebe sinnt der Schöpfung Lächeln zu
und lächelndes Bescheiden

Lass dir von Mir die Sonne ins Gedächtnis
schreiben

Ich geb dir Balsam Meiner Seligkeit zu trinken$

Wenn dich die Stunde ruft
ergreif den Augenblick in Meinem Liebesgarten

Sieh zu, Ich wische dir den Nachttau von den
Lidern

Gerade du bist Mir als eine blütenreine Kostbarkeit
ans Herz gelegt

So versinn Ich sinnend Meine Gegenwart in dir

Ich Bin dein Freisein in den höchsten Höhn

Ich breite Meinen Mantel um den Kreis der
Himmelssphären

Beglückende Gesetze sinn Ich vor Mir her

7

Mein erschütterndes Gehaben

7.1

Meine Finger weisen wissend zu den Sternen

Galaxien finden sich in Mir zum Universendbade

Ich weide Mich am Wirken deiner Meistertaten

Mein Sein ist lauterer
denn die verehrte Lauterkeit der Sternensinfonie

Alles was geschieht ist Mein erschütterndes
Gehaben

Alle Meine Werke sind des Lebens meisterliches
Spiel

Von Meinem eigenwilligen Schweigen
hallen Universen wieder

Verborgen ist, was Ich erdenke und dennoch wird
es allen strahlend offenbar

Im Einzelnen erfüllt sich Meine sagenhafte Grösse

Ich umhülle dich mit dieses Tags
liebkosendem Elan

Deine Hoffnung überschwebt dich
wie der strahlende Azur

Was du ersehnst ist hochkarätig
in dein Herz geschrieben

Ich umhülle dich mit dieses Tags
liebkosendem Elan

Ein Blättchen fiel vom Baum.
Hast du`s vernommen,
da es lautlos niederschwebte?

Das Lichtgewoge überflutete den Horizont
im abendlichen Schweigen

Es wurde Sommer, Herbst und Winter
unmerklich in des Erdenlaufs Umrunden

Alles was geschieht ist von Gottes Geflüster
durchzogen

Über den Grenzen unseres Daseins gewahren wir
Dich im grandiosen Schweigen

Geistiges ist immer noch vorhanden
wenn die Erde auch vergeht

Alles wird unwesentlich
wo Ich in Meiner Geisteskraft erscheine

Mein erhabnes Antlitz
wende Ich stets deinem zu

Beharrlich will Ich dir die Fülle alles Guten
spenden

Ich habe dich zur Würde
Meines In-dir-Gegenwärtigseins erhoben

Ich Bin Mir selber
Meines Sonnenseins Entzücken

Unendlichkeit ist Meines Seins
erhabenes Gefühl

In Mir vereint sind
Fülle und unendliches Beglücken

Wo es auch sei
Ich Bin von Liebe ganz durchdrungen

Das Geflatter deiner Seele fällt in Meine Hand
Geborgenheit zu fühlen

Dir fällt kein Zacken aus der Krone, wenn du dich
dem Wesen der Vernunft zu fügen weist

Triumph wirst du empfinden, wenn du dir
die Zügel der Beherrschung auferlegt

Dann wird auch deine Liebesglut
in neuem Glanz erscheinen
Beglückung quillt aus Strenge gegen dich
und lässt dich endlich freier atmen

Wach auf und kleide dich in Lächelns Schöne
ob dem Lichtglanz der dich einhüllt ganz und gar

Ich will dein Wesen mit dem Glanz der Lauterkeit
durchstrahlen

Was Ich dir sage wiegt wie Gold
auf deiner Lebenswaage

Wohin dich Meiner Worte Weisheit führt
ist aller Menschensehnsucht Ziel

Harre aus in den Kränkungen der Zeit. Sie stählen
und reifen dich auf dem Hochweg der Vollendung

Entwirre die Gedanken. Finde Klarheit
am Quell des Unterscheidens

7.2

Ich zieh dich auf an der Brust der Wahrhaftigkeit
und weide dich auf den Fluren des Erkennens

Was immer du mit Eigenwillen tust
zerschlägt sich an der Strenge *Meiner*
Wirklichkeiten

Geh in dich und merke dir die Kraft des Heiltranks
den Ich dir liebevoll entbiete

Erhaben Bin Ich
über die Kleinmütigkeit der Welt

Aus der Fülle des Allherrlichen
leben wir im Lichtkreis der Äonen

Nur eines tut dir ständig not
Mein Sein zu erwägen

Was zweifelst du, wo doch der Quell der Freude
aufersteht vor deinen Strahlenaugen

Es ist in deines Willens Macht gelegt
die Wirrnisse des Lebens zu befrieden

Wenn du im Einen ruhst
sind alle Pfeile gegen dich zurückgehalten

In deinem Wesen wohnt die Flamme der
Vollendung,
wohnt des Lebenslichtes Tribunal

Wohin du innig schaust
will Liebe das Geschehen deiner Welt gestalten

Du lächelst, wenn du siehst
wie wohl Ich dich in deinem Weltensein bewahre
So schau denn auf. Es weitet sich dein Sinn
in die erhabnen Sternenwelten

Von Liebe überströmt Mein Herz
mit Liebe will Ich deines überströmen

Gefühle wehen her und hin von Zärtlichkeit
und von tiefinnigem Begreifen

Ich weide Meine Augen an der Schönheit deines
Seins und küsse sie voll Inbrunst und herzinnigem
Verlangen

Wo Ich immer Bin
send Ich dir allerliebste Morgengrüsse

Komm Ich zu dir erwecke Ich die holde Zärtlichkeit
in deiner Seele

Ich weihe sie der Herzenfreude wie der Zuversicht
an diesem hochwillkommnen Tag

Wie gerne lässst du dich von Mir
ins Schwebeleichte führen

Alles gelingt dir im Frohlocken des Gefühls

Ich verschenke dir die Gnadenfülle alles Guten

Bist du dich selbst
flanierst du in der Weisheit Gottes vor dich hin

Weide dich an dem was dir die Götter
heutzutags gewähren

Bedenke, dass du Geist bist
Gottesgeist von Meinem Geiste

Sieh doch wie Ich in dir
Mich selber überwalte

Mein Leben ist
das deine ganz und gar

Ich nähre deine Seele mit dem Nektar
des vollendeten Begreifens

An dir ist es, was dich erhebt
in deinem Herzen zu bewahren

Mein Wort zum Tag
ist wortlos strömendes Gefühl

Geschwisterlich sind die Gedanken
dem Umfangen hingegeben

Das Herz wählt wen es will
in unablässigem Umrunden

Ich wünsch dir Harmonie und Wohlbefinden
in der Tageslotterie

Hebst du das Haupt, so heftet sich auf deinen
Scheitel Meines Vatersegens liebevoller Strahl

Dein Lächeln nährt die Seelen
die an deinem Anblick hangen

Erhebe dich im Vorwärtsschreiten
zu deines Lebens Sinn und Ziel

7.3

Bewähre dich an dem was vor dir liegt
so klein, so grandios

Begehre nichts, als ins Gewahren deiner
Göttlichkeit zu steigen

Ich wirke Weisheit
in der hingegebnen Seele

Empfange tief im Schweigen
was Ich dir vergebe

Bereite dir ein Fest
gewirkt aus Lauterkeit und Frieden

Weide dich an allem
was die wonnevolle Stille dir bereitet

Vernimm was im Schweigen
die Seele durchklingt

Was Ich immer in dir will
ist nur wortelos zu erklären

Der Himmel über dir heisst Liebe.
Seine Sterne blinken dir Holdseligkeit entgegen

Ich versiegle deine Lippen mit dem Kuss der
Freundschaft und gebiete deinem Herzen sel`ge
Ruh

Erhebe dich zum Tag der Wonne
wie die Engel sich zum Freudenflug erheben

Wohin du immer wanderst
wird der Traum vom andern Leben dich begleiten

Wach auf ins Wissen um die Wirklichkeit der
Geisteswelten

Damit du andern dienen kannst
sind dir die Lebensgeister untertan

Begreife dich in deinem Sein
sprech Ich zur reinen Seele Tag für Tag

Soviel du immer weisst
will Ich dir neue Tiefen offenbaren

Kein Wort von Wehmut, wenn du
Meinen Weg gefunden

Wo immer in der Welt du suchst
das Geheimnis lebt in dir

Was willst du von den Welten wissen
ohne Mich zu kennen?

Ich Bin die Glorie
in deinem Menschensein

Weide dich am Frieden
im erhabnen Frührot des Erlebens

Dem Weben weihe dich im Wesen der Natur

Gewahr den Glanz der Sonne auf den
morgenfrischen Fluren

Du lebst vom Atem der Glückseligkeit
in deinem liebevollen Herzen

Meine Brünnlein plätschern dir Genügsamkeiten zu

Wie hoch du denkst
so hoch wird deine Seele sich erheben

Wo sich die Dinge in Schönheit begegnen
blühn Frieden und Wonne dazu

Woran wir denken
umschwebt uns in Zartheit und lauterem Wehn

Das Fühlen unsrer Herzen rundet sich
zum liebenden Gebet

Wohin mit soviel stürmischem Bewegen
wenn nicht mit sehnenden Gedanken hin zu dir

Die Gunst der Stunde hat uns sagenhafte Seligkeit
erwiesen

Wir wandern durch die Tage wie im Traum
gesättigt von der Fülle des Erlebten

Horch deinem Herzen und gehorch der Stimme
die dir flüsternd von Glückseligkeit erzählt

Wohin du schaust begeistert dich das hingetupfte
Gelb der Sommerwiesen

Ein übermüt`ges Windchen strich durchs Land
wo es sich bald im Schilf verfing und sich im
Sonnenglanz zur Ruhe legte

Was sich in majestät`schem Glanz erhob
versinkt im See zur Sagenburg der Träume

7.4

Gekrönte Häupter sitzen gern erhaben
um von dort die Weiten ihres Landes zu
beschauen

So bauen Adler ihren Horst und schauen in die
Runde mit dem Blick des Nimmermehr-sich-
Fügens

Und lächelnd sitzt die Königin im Glanz der
Majestät von Licht und Liebe trunken

Derweil du liebst geb Ich dir seidenweiche Seligkeit
zu trinken

Ich hebe dich zu Mir im Strom der Weisheit
die Ich um dich breite

Die Liebessehnsucht ist gestillt von Herz zu Herz
im stillen Sich-Ergeben

Wieviele Schritte führten endlich doch zum Ziel

Nun hat sich uns`rer Liebe Licht
zu neuem Glanz erhoben

Wir sind vom selben Kranz der Seligkeit
umwunden

Im Strom der Zeiten führ Ich dich
zur Selbstbewusstheit deiner Taten

Soviel Ich dir verschenke
immer wird der Fülle mehr

Ich Bin der Schimmer der Glückseligkeit
auf deinen Zügen

Was dich so selig macht
ist Meines Lichtes Strahl

Vom Band der Liebe liebevoll umschlungen

Du bist von Mir behütet
seelenvoll und wunderbar

Ich schenk dir deine Liebe wieder
im Glück das du durch Mich erfährst

Ich Bin die Morgenröte deines wahren Lebens

Dein Geschick ist nach wie vor in Meinen Händen

Ich erheb dich in den Glanz der Sonnentage

Ich habe dich zum Ebenbilde Meiner Majestät
erhoben

Hier lasse Ich dich deine Gotteskindschaft spüren

In Frieden tauch Ich dich und überragendes
Begreifen

Du ruhst im Glück das Ich dir sende von des
Himmels strahlendem Azur

Für immer will Ich dich wie einen Edelstein
im reinen Sein bewahren

Erkennst du, dass du Bist
so hast du Mich erkannt in deinen zauberhaften
Tiefen

Du badest dich im Strom des Glücks
mit dem Ich dich bewusst vermähle

Deine Liebe ist dein Heil im Heiligtum des Herzens

Sowie du lächelst, lächelt dir die Traulichkeit
des reinen Glücks entgegen

Das Leben ist so gross wie du dich traust
ihm Grösse zuzuhalten

Was zögerst du, es gilt den Augenblick geziemend
zu erfassen

Ermanne dich im stillen zum entscheidenden
Gebet

Was Ich dir sage, trägt dich unwiderstehlich
durch den Tag

Absolutes Schweigen
um alles in der Welt

Sowie die Sinne schweigen, will das Herzblut
Liebeslieder singen

Im Schweigen atmest du der Zeit
Glückseligkeit entgegen

Ich Bin Es, das dich mit Vernunft begabt
aus höheren Welten

Ich habe dich ins Reich der Mühelosigkeit erhoben

Mit leichtem Pinselstrich schaffst du mit Mir
was andre unter Lebensmüh nicht wirken

Kommst du Mir entgegen so geleite Ich dich
in den Raum der zauberhaften Gottesgaben

7.5

Enthältst du dich des Sinnens
sinn *Ich* seelenvoll in dir

Trau dem Unendlichen mit dem Ich
lautlos dich erfülle

Ich Bin die Himmelsbläue
über deinem lebelangen Negligee

Gestatte Mir, dir diesen Freudentag
in Liebe darzubringen

Du wandelst in Mir
durch des Paradieses Garten

Was auch dein Herz ersehnt
Ich will es unverwandt dir schenken

Sieh wie die Kelche deines Seins sich öffnen, um
von Mir den Strahl der Lebenswonne zu
empfangen

Erbaue dich an dem was dir der Tag beschert, dich
zur Schönheit zu erlösen

Du bist von Mir geführt durch Täler und
riskante Höhenzüge

Die Klarheit Meines Wachseins
ist dem Glanz der Sommersonne zu vergleichen

Was du auch nicht erkennst, ist dir
mit Flammenschrift ins Herz geschrieben

Entschlage dich des Fragens, denn in Mir
ist alles herrlich offenbar

Die Rose des Erkennens
blüht allein in Meinem Liebesgarten

Vernunft ist herzlich wenig im Vergleich
mit dem was Ich dir biete

Du strauchelst, fällst und fällst
in Mich mit jeder Faser deines Wesens

Du warst in Mir
eh noch die Zeit im Schoss der Ewigkeit sich regte

Was bildest du dir ein
und kennst nicht Den, der dich gebildet
in den Geistessphären

DeinAtem ist im Strom des Lebens
Zug um Zug der Meine

Wer glaubst du, dass dich hält
wenn Ich dich nicht mehr im Bewusstsein halte

Du wankst und zweifelst noch
derweil Ich deinen Weglauf zum Triumph entsende

Wenn die Gedanken in den Himmel ziehn
ist eitel Freude im beglückenden Azur

Im Weltenschweigen flüstre Ich dir Glück und
Wonne zu

Dein Heil ist, wo Ich dich mit Meinem Glanz
berühre

Ich enthebe dich der Welt des Kümmerns und der
Plagen und gewähre deinen Wünschen Raum und
Ruh

Ich weihe dich den grandiosen Augenblicken
im Erfahren deines Seins

Durch Äonen führ Ich deinen Schritt
dem Wesenhaften zu

Schon im Erwachen blendet dich der Glanz
den Ich ans Weltensein verschwende

Ich begabe dich mit Ohren
die die Gründe Meiner Wesenswelt begreifen

Ergib dich Meinem Lockruf
dass Ich deinen Sinn zur Himmelsherrlichkeit
erhebe

Ins schweigende Besinnen ström Ich unermessne
Ruh

Ich umhülle dein Verlangen mit dem Kleid der
Wonne und spende dir den Quell der Seligkeit auf
Meinen zauberhaften Fluren

Wohin du mit Mir wandelst, wandle Ich dein Wesen
Meinen Seligkeiten zu

Ich bedecke deine Armut mit der Weisheit
hingehauchten Zügen

Vernimm das Tröstliche in dem was Ich dir sage

Ich Bin der Gottesgeist in deinem zwitterhaften
Wesen

Ich stehe ungleich höher als die Sonne über dir

7.6

Ich stähle deiner Seele Zuversicht zum
Himmelsfluge

Dein Atem ist im Strom der Weltenzeit
zugleich der Meine

Ich seh mit Augen des Erkennens sonnenklar

Wo dich Äonenzeit betrifft, ist Mir allein
der Augenblick gegeben

Ich Bin das überwältigende Mich-Verströmen

Hoch über Land und Meer gebeugt beschau Ich
was sich dort entfaltet durch Äonen

Ich halte Mich zurück
wo sich die Menschen in sich selber messen
wollen

Wo Demut wohnt lass Ich
den Zauber der Glückseligkeit erblühn

Unbeschreiblich schön ist, was Ich für dich fühle

Im Himmel stehen uns die Engel bei,
dass unsre Liebe täglich weiter sich entfalte

Ich küsse dich auf Stirn und Wange
wie die Sonne segnet Wald und Flur

Vom hellen, wonnevollen Atem der Natur
berauscht und im Entzücken aneinander lächeln
wir uns Seligkeiten zu.

O diese Düfte von den sonngedörrten Gräsern,
dieses Blattgrün im erstrahlenden Azur. Das
frische Windchen teilt sich mit der goldnen Wärme
das Liebkosen und wir selbst verschmelzen in
holdseligste Gefühle

Es lacht der Tag, die Sonne lächelt über
Wolkenburgen
Es lächelt Mir ein zartgewordner Mund. Und was er
lächelnd Mir verspricht ist Mir in Fülle zum
Geschenk geworden

Ich Bin die eigentliche Würde deines
Menschenseins

Mir selber Heimat Bin Ich im erstrahlenden Azur

Ich schaue schauend was sich in des Weltalls
Tiefen brüderlich durch Mich bewegt

Vernimm den Klang der Harmonie
den Ich voll Liebe dir verströme

Die Fülle Meines Glücks will Ich
voll Güte mit dir teilen

In der Gesinnung liegt dein Heil
dein Seelenheil im Hochflug der Gedanken

Ich will dich immer in der Wonne der Glückseligkeit
bewahren

Blick auf und hör die Stunde der Erlösung
schlagen

Komm an Mein Herz, Ich weise dir die Wunder
seliglichen Liebens

Inmitten Meiner Werke Bin Ich des Vollendens
makelloser Strahl

Ich überschaue was Mein Sein im Seligen
empfindet

In Meinem Sein verwandelt sich die vielgeliebte
Welt zum Paradiese

Der Schöpferfreude hingegeben Bin Ich ganz und
gar

Was Ich gebiete wirkt in unerschütterlichem
Frieden

Ich erbaue Meine Welten in der Glorie
erhabenen Verweilens

Ihr wandelt durch des Paradieses Garten
ohne es gebührend zu gewahren

Ich heile eure Blindheit wieder

Dem Auge zeig Ich was das Herz begehrt

Enthaltet euch der Klage
lasst den Frieden in euch auferstehn

So wahr Ich Bin habt ihr die Fülle Meines Seiens
wesenhaft empfangen

Bereitet euch ein Fest mit dem, womit Ich liebend
euch umhege

Im Klang der Gottesliebe liegt dein unbedingtes
Ziel

7.7

Die Harfe klingt, es klingt der Jubel der
Verheissung

Besinge was du siehst, Ich singe mit
in deines Herzens liebestrauter Wiege

Ich will die Tage deines Glückes nimmer zählen

Verweile in der Weisheit dessen
der dich ins Unendliche entführt

Der Wonne weih Ich dich im Brautgemach des
Friedens

Ich wandle durch Mein Sein
wie durch den Wohlgesang Elysiens

Ludwig Weibel, geboren 1933
Lebt in CH-9200 Gossau/St.Gallen
Studienabschluss als Fernmeldetechniker
Schriftstellerische Berufung zur
"Philosophie des Seins" für vife Geister.
Erstellt elegante Graphiken mit einem
Pendel-Apparat. (Siehe Buchumschlag)
Homepage: www.das-sein.ch
E-mail: ludwig.weibel@hispeed.ch